中公文庫

風　塵　抄

二

司馬遼太郎

中央公論新社

目次

『風塵抄』目次

風塵抄　二

65　兵庫船

上方《かみがた》の古典落語に「兵庫船《ひょうごぶね》」というのがあって、米朝さんが演《や》ると、乗客の一人になってゆられているような思いがする。

江戸時代、兵庫から大坂まで乗合船が出ていた。噺《はなし》のなかで、その船が気持よく帆走するうち、沖でうごかなくなってしまう。「このあたりには悪性《あくしょう》な鱶《ふか》がうようよいてな、そのせいじゃ」

船頭がいう。鱶が乗客の一人に魅入《みい》って、そのために船を止《と》めているというのである。やがて鱶に魅入られているのが船首にいる巡礼の娘ということがわかり、母親ともども悲嘆に暮れる。

米朝さんの演出では、船頭は薄情で、「みなのためじゃ、どうか飛びこんで一同をたすけてくだされ」。

私も似たような経験をしたことがある。

昭和五十七年（一九八二）秋のことで、スペインにゆき、パリにもどり、大阪へ帰る途中のことだった。

乗っていた日本航空機が、モスクワ空港にいったん降りた。

給油がすめばすぐ発つはずだったのに、深夜数時間も止められてしまったのである。

「故障でしょうか」

と、乗務員にきく人が多かった。

「故障ではございません」

要するにソ連側が機長に対して理由を示すことなく出発をとめたのである。

私どもは、機内から空港待合室に移された。


そのうち、ソ連名物の国境警備隊という武装した兵隊が一個分隊ほどあらわれ、旅客機と空港待合室のあいだの移動式通路にならんだ。むろんどの銃も装弾されていた。

旅客機は日本籍である。だから国際法によって日本国領土である。つまりは移動式通路が国境になるという解釈らしい。


この国境警備隊は、高名な秘密警察KGB《カーゲーベー》の組織内にあった。KGBとはいうまでもなく共産党を守るための諜報と謀略と謀殺の機関である。前身のGPU《ゲーペーウー》以来、数千万人の同国人を殺したり、監禁したりしてきた。

もっともごく最近、KGBはソ連共産党とともに消滅同然になった。

深夜の待合室は、売店もシャッターがおろされ、ぜんたいにヤニ色で薄暗かった。私どもは、銃で監視されている。一瞬で収容所ができあがるというふしぎな権力の慣習を味わった。

四時間ほど経ち、日本航空の係員から報らせがあって、私どもは釈放され、機内にもどった。が、飛行機は飛ばず、なおも人を待っている様子だった。

やがて通路のむこうから陽気な笑い声がきこえてきて、一人の初老の日本婦人がソ連の役人につきそわれ、ファースト・クラスに入った。

それを待っていたようにエンジンがかかり、機体が滑走路にむかって動きはじめた。

それだけの話である。

私はその婦人を、そのころテレビを通して知っていた。

ことわっておかねばならないが、彼女は政治的なひとではないばかりか、気の毒なほどに無邪気さを感じさせる人で、すべて彼女に問題はない。

問題なのは、〝兵庫船〟を止めているソ連権力という鱶だった。想像するに彼女はモスクワのホテルかなにかでよほど高位な人と談笑していたにちがいなく、その間、おそらく彼女のほうで飛行機の時間を気にしていたかと思われる。

「なに、気にしなくてもいいよ」

と高官がかるがるとKGBに指示したのであろう。KGBが空港長に命令をくだし、日本籍の飛行機を釘付けしたものに相違ない。


落語の「兵庫船」では、やがて乗客のなかで居眠っていた男がさわぎを知るのである。これを、ソ連の民衆に見たててもよい。

男は、ある事情で鱶がこわくなかった。ゆらゆらと船ばたに出、鱶にむかって、

「鱶の分際《ぶんざい》で人間様に迷惑をかけるとはなにごとだ、磨《す》りつぶすぞ。それがいやなら口をあけろ」

と、どなる。鱶が、あっけないほどにおとなしく口を開ける。

「もっと大きく」

と、開けさせたその口の中に、キセルをはたいてポンと吸殻《すいがら》をほうりこむ。それだけで鱶は恐れ入って海中に沈みこんでしまう。

乗客があきれてこの男に商売をきくと、

「雑喉場《ざこば》のカマボコ屋じゃ」

ここで、はなしが落ちる。

ソ連の場合、鱶自身がペレストロイカの影響をうけて自分のばかばかしさに気づきはじめていたということがあるだろう。

そのかねあいもあって民衆が権力をおそれなくなっていた。鱶が吸殻一つで沈むというのは、ときに本当である。どの歴史の変革期にもある。

（一九九一〈平成三〉年十月八日）

66　日本国首相

政治についてである。

このことばは、明治になってできた。

明治初年、西洋語の対訳語として造られたのである（幕末、政事ということばはあった）。

それ以前、庶民のことばとして、

「お上《かみ》の御政道《ごせいどう》」

という江戸語があった。

御政道では、政治ということばがもつ、けだかさや悪さは収容しきれない。

政治は、一つの単語のなかに崇高と醜悪、あるいは権力と民意、または国家の理念と小集団の利害など二律背反するエネルギーが入っているのである。その当事者は神の代理者にも悪魔の代理者にもなれる。

ことばからして、おそろしい。

英語の辞書をひくと、政治にはいくつかのことばがあるようで、ふつうポリティクスである。

もとの言葉はいうまでもなくポリティックで、「賢明な」という意味と、「ずるい」という意味をあわせ持っている。

だから、ポリティクス（政治）という単語はリンカーンの有名な「人民の、人民による、人民のための政治」というたかだかとした理念をのべる場合には使いにくいらしく、この場合の政治は、ガヴァメントになる。もしポリティクスという単語を使えば、せっかくの名句も「派閥感情の、派閥感情による、派閥感情のための政治」という意味にもなりかねない。

近代日本の政治史上の大人物のひとりに伊藤博文（一八四一〜一九〇九）がいる。長州萩にそだったかれは、年少のころ吉田松陰にまなんだ。松陰は門人の特質をつかむ名人だった。

十八歳の博文について、松陰は、「中々周旋家になりそうな」とか、「俊輔、周旋の才あり」といったふうに他への書簡のなかで書いた。

博文はうれしくなかったにちがいない。

晩年、人に問われたとき、自分は松陰門下ではない、などといったのも、そのあたりに根があったのかもしれない。

幕末、諸藩に周旋方という役職ができ、周旋はいわば公的用語になった。英語でいうとポリティクスである。

「外部勢力の間で奔走してとりもちをし、解決の糸口をみつける営み」のことをいう。なんだか戦前の駅前の不動産屋じみていて、高度な理念や理想が感じられず、博文はいやだったに相違ない。

博文は経綸家（スティツマン）といってほしかったろうし、げんに後年そのようになった。

政治ということばは、それほどにきわどい。

たれがいったのか、政治は感情である、という有名なことばがある。この場合の政治とは、ポリティシャンとしての政治である。電圧はむろん低い。

戦後憲法では、戦前のような「大命降下」ではなく、国会議員から首相がえらばれるのだが、それだけに議員のなかには、

「あんなやつが」

という感情が当然ある。

が、ふつう抑制される。懸命に抑えられねば、感情群が数を恃《たの》み、ときに首相を左右し、

場合によっては首相の生命を断つ。あるいは国家の進路をゆがめる。

「自分たちが首相にしてやった」

というのも、感情である。

「だから、勝手なまねはさせない」となると、最悪の感情になる。

「新首相に何を望むか」

などという新聞・テレビの企画があるが、そういう企画は、まず日本国首相の足もとにどれだけのスペースがあるか、という企画をやってからすべきではないか。ひょっとすると、靴の裏だけのスペースかもしれないのである。

日本国首相を、もし感情群という満員電車に押しこみ、やっと吊り革にぶらさがっている状態に追いこむようなことになれば——つまり首相演技だけをさせるなら——さきにふれてきた政治のいかなる定義にもあてはまらなくなり、政治は一種の遊戯になる。

これでは、崇高であるべき政治が、五十以上の男の最後の愉《たの》しみという医学的課題になってしまうのである。

神よ、日本国首相に自由を与え給え。

（一九九一〈平成三〉年十一月四日）

67　真珠湾 (1)

昭和前期（元年から二十年まで）にはげしく欠けているものは、他国や他民族への思いやりである。もっともこれは、日本だけでなく二十世紀前半の特徴といえるかもしれない。スターリンのソ連、ヒトラーのドイツをみよ。

この種の狭隘《きょうあい》さこそ愛国心だと考える傾向は昭和初年、にわかに濃厚になった。一種の病気だが、この病気はいまもむかしも、その国々での後進性に根ざしている。

日本の場合、この〝日本だけよければよい〟という思想が、明治人が命をかけてつくった国家を、たった二十年でつぶした。

日本が真珠湾攻撃をして、五十年になるという。

きょう、その前日にあたる。めでたいことに、私どもはすこしは開《ひら》けている。

世界史をふりかえってみると、二十世紀前半というのは、無明《むみょう》の世界だった。この無明は、大恐慌からはじまった。

ギリシア神話のなかの牧神パンはたえず葦笛《あしぶえ》を吹き、美少女とみれば追いかけ、気まぐれでもある。

突如怒りだし、羊や牛馬たちを走らせる。パニックという語の源になった。

一九二九（昭和四）年のアメリカの株式市場にパニックがおこった。

つづいてやってきた大恐慌は、史上最大のものだった。世界じゅうの経済を崩壊させ、瀕死の大不況がはじまった。

各国は、懸命に大不況から脱出すべくあがいた。

ドイツやイタリアという、植民地をもたない新興工業国は、〝共栄圏《アウタルキー》〟の創設をおもいついた。自国の製品を〝勢力圏《なわばり》〟の国々に売りつけるというやり方であった。

が、縄張りは、力ずくでつくりあげねばならない。そのために、まず自国の国内から自由をうばい、一国統制主義《ファッシズム》で束《たば》ね、国家を戦争機械にする必要があった。ムッソリーニやヒトラーの出現である。

かれらは、人間ならたれもがもっている郷土主義《ナショナリズム》というガスを国家という鉄の筒に詰めこみ、いやが上にも揮発性を高めた。

日本の場合、陸軍軍人が主導した。かれらは政界人や言論人とむすんで皇道主義という、明治の森鷗外や夏目漱石も知らなかった異常なナショナリズムを鼓吹した。

一方、一中佐にすぎなかった石原莞爾《いしはらかんじ》らが私的にグループをつくって謀略し、満洲事変をおこして国家に追認させ、満洲国をつくった。一九三一(昭和六)年のことである。中国人の愛国心や民族感情はまったく無視された。

以後、日本国は崩れにむかう。

世界じゅうで、日本国の国力を知らないのは、日本人だけという時代になった。国内のほとんどは、猫が虎になった夢を見ているように密林を駆けはじめた。新聞は鳴物入りでこの幻想を囃《はや》したてた。

現実の日本は、アメリカに絹織物や雑貨を売ってほそぼそと暮らしをたてている国で、機械については他国に売るほどの製品はなかった。

地上軍の装備は日露戦争当時に毛がはえた程度の古ぼけたものであった。海軍の場合、石油で艦船がうごく時代になったため、平時でさえ連合艦隊が一ヵ月も走れる石油はなかった。

その石油もアメリカから買っていた。このような国で、大戦争など、おこせるはずがなかったのである。

ごく最近、中原茂敏元大佐の「国力なき戦争指導」(同台経済クラブ編『軍事秘話』)という精密な実歴談を読んだ。

この人は兵器製造の専門家だが、日本の弾丸製造のための機械は日清戦争のころのボロ機械ばかりだったという。また、国力は日中戦争をはじめた昭和十二年でアメリカの約七分ノ一、昭和二十年には、一四〇分ノ一にすぎなかった。

このような実情だったのに、幻想の虎は、十五年におよぶ戦争をやった。

日米開戦のぎりぎり前まで日米間の交渉がつづいた。

ついに、ハル米国務長官が、最後通牒的な覚書(〝ハル・ノート〟)を日本側にわたすことになる。内容は満洲事変以前にもどれ、という。

中国その他すべての占領地から兵をひけ、という。もとの猫にもどれという。

このとしの十月まで首相だった近衛文麿は、ほぼハル覚書に近い考えをもっていたが、全国民が虎の幻想を持っているのに、猫にもどすような政治力は持たなかった。近衛ならずとも、古今東西のどんな大政治家でも、これはむりだった。いったん酔わせた国民を醒まさせることはできないのである。

開戦の二ヵ月前、近衛は辞職してしまった。

陸軍は元気を得、海軍を抱きこんだ。海軍首脳の心ある者（たとえば米内光政や山本五十六）は日本の滅亡を予感しつつ、結局、同調した。

あとは、真珠湾攻撃になる。

政治も言論も、つねに正気《しょうき》でなければならないという平凡なことを、――国民を酔わせると大崩壊まで醒めないということを――日本も世界も、高い授業料を払って知ったのである。

（一九九一〈平成三〉年十二月七日）

68　真珠湾 (2)

この話は私蔵するに忍びないので、書きとめておく。

聞いた話である。

拙作『坂の上の雲』の調べをしているとき、父君が正規士官として日本海海戦（一九〇五〈明治三十八〉年）に参加し、しかもご当人も海軍士官で、海軍大学校を出たひとたち五人に集まっていただいた。思い出というのは、玄人から玄人に伝わる場合、聞きちがいがすくない。

場所は、横須賀に固定保存されている「三笠」の士官次室《ガンルーム》だった。二十数年前のことである。

最後に、日本の海軍大学校の戦術教育について伺った。

「ふしぎなものでした」

元大佐が、いわれた。このひとは昭和十四年に入校した。ついでながら、海軍大学校というのはその国の戦術の秘奥を研究し、伝える機関である。

教課のなかに、兵棋《へいき》演習というのがあった。

まず大会戦が想定される。大きな盤上に敵味方（青と赤）の艦艇の兵棋がならべられ、学生を敵味方にわかれさせて、会戦の細部から大局にいたるまでを学生に実施させるのである。そのあと統裁官（戦術教官）が、青が四割沈んだとか、赤は六割沈んだなどと判決をのべる。

あるとき、右の元大佐（当時、中尉ぐらいだったろう）が、平素疑問に感じていたことを、統裁官に質問した。

「それで、しまいでしょうか」

「しまいだ」

統裁官はうなずきつつも、いやな顔をした。

「しかし、戦争はその後もつづきます。四割とか六割沈んで、そのあとの戦争はどうなるのです」

「これで、しまいなのだ」

統裁官は声を荒らげ、あとは察せよ、といわんばかりだったという。

このことでも、日本海軍が、対米決戦用の連合艦隊を一《ワン》セットしかもっていなかったことがわかる。海軍が日米交渉のぎりぎりまで戦争回避の態度を持《じ》しつづけたのは、当然といっていい。

右の兵棋演習でおもしろいのは、つねに設定がきまっていたことである。

まず、アメリカ海軍らしい赤軍は、きまってフィリピン諸島に集結するのである。次いで沖縄列島をつたって北上する。ちょうど、一九〇五（明治三十八）年のロシアのバルチック艦隊のようにである。

これに対し、日本海軍に擬《ぎ》せられる青軍は、北上する敵を対馬沖で待ち伏せする。一九〇五年の東郷平八郎の連合艦隊のようにである。そこで両艦隊が大艦巨砲による叩きあいをする。

毎度おなじ設定というのは、想像するに、一セットしかない連合艦隊として、そのように状況をもってゆくしか仕方がなかったのかもしれない。

さらにいえば、日本近海での待ち伏せなら、石油の節約もできる。日本は産油国でないため（石油はアメリカから買っていた）、多少の備蓄はあったものの、大海を大艦隊で走りまわるという石油浪費は避けねばならなかった。

日本海軍は潜水艦運用においても、ユニークだった。

アメリカの潜水艦やドイツのUボートなどのように通商破壊が主目的でなかったのである。

フィリピン沖からくるであろうアメリカ艦隊に対し、決戦時の兵力をすこしでも減らしておくためにあった。とくに戦艦を狙わせるのが目的だった。

そんなわけで、日本海軍は太平洋戦争の場合のように、太平洋の処々方々《しょしょほうぼう》で大小の決戦をくりかえすようにはつくられていなかった。

日米戦争は、海軍が陸軍にひきずられた形になった。

陸軍にとっても、海軍がお荷物だったろう。海軍は石油で動いている。

このため、産油地の南方をねらい、当然の帰結として陸海軍とも南太平洋で大展開するはめになった。

その結果、明治以来の国防思想にはなかった、兵力の極端な分散になった。兵力分散が愚であることは、古今東西の兵書がいましめている。

要するに、太平洋戦争は、軍事的にはリアリティの薄いものだった。

とくに、国土防衛が主眼だった日本海軍にとって、その固有の運動思想から大きくはずれていた。

「私たちは、そのようには作られていない」

と、海軍は陸軍にどうして正直にいわなかったのだろう。

むろん、そのことが、もし〝情報公開〟されていたら国民も納得し、戦争などおこらなかったはずである。

太平洋戦争における海軍はミッドウェイ以来十回の海戦をおこなったが、ことごとく不利におわり、終戦時には、無にひとしくなった。

さきに兵棋演習において、フィリピン沖から北上する艦隊を潜水艦攻撃で減らすことで、艦隊決戦時の彼我《ひが》の差をすくなくする、ということをのべた。

その線上の思想が真珠湾攻撃だった。飛行機による攻撃によって、米海軍のとくに戦艦の数を減らそうとし、げんに減らした。

開戦前、アメリカの国内世論は、対独戦への反戦・非戦論がつよかった。

このことは、対独参戦をひそかに決意していたルーズベルト大統領にとって頭痛のたねだった。

げんにこのとしの十月三十日、ニューヨークのマディソン・スクウェア・ガーデンでひらかれた反戦集会は、翌三十一日付けの『ニューヨーク・タイムズ』が紙面を大きく割いて報道した。

が、真珠湾攻撃は、アメリカ人のすべてを起ちあがらせる結果を生んだ。戦艦の数を減らせるというちまちまとした戦術的行動が、米英側の政・戦略に大きく利したのである。

私は、ふるい戦争ばなしをしているのではない。こんにちの日本について考えている。どの程度、旧日本の殻を脱したかを検証したい気分でいる。

（一九九一〈平成三〉年十二月八日）

69　議　論（ディベイト）

江戸時代、初等教科書のことを、「往来物」といった。

その種の古本は、どんな貧しい家にも、二冊や三冊はころがっていたらしい。

新井白石（一六五七〜一七二五）は、いうまでもなく江戸時代きっての学者で、独創的思想家であった。白石は貧窮のなかに育ったから、

「ただ往来物の類《たぐい》などをよみならふのみなりき」

と、その自叙伝『折《おり》たく柴《しば》の記』にある。


往来物は、寺子屋でつかわれた。

内容は〃世の中早わかり〃といったようなもので、歴史や地理も書かれていれば、産業や経済のことも出ている。江戸時代、印刷本だけで数百種もあった。

寺子屋の師匠によっては板物《はんもの》をきらい、みずから書きおろしたりした。そんな手書き本までふくめると、江戸末期の大坂だけで数千種近くもあったらしい。

科挙《かきょ》という官吏登用試験は中国・朝鮮史をつらぬく大きな特徴であった。合格すれば〝一代貴族〟になれた。

が、一面、神の子ほどの賢さにうまれつかないかぎり、文字を学ぶことはむだという風もうまれた。そのせいかどうか、中国はむかしから無字の人が多く、いまなお、四割ほどが無字だという。

日本の江戸期の場合、寺子屋は庶民の子のための塾であった。

庶民の子は、どうせ丁稚《でっち》奉公にゆく。文字を識《し》らねば帳簿がつけられず、ゆくゆく番頭・手代にもなれない。船乗りになっても、船頭にはなれなかった。

たかが醤油屋の番頭や荷船の船頭になるつもりで学問をしたのである。近代以前の中国のように聖賢の書を読むか、でなければ無字ですごすかというはげしい選択はなかった。文字を識る目的はごく卑俗なところにあった。

このおかげで、江戸末期の識字率は腰だめでみて七〇パーセント以上だったという。これは同時代の世界で比類がない。

「むしろ低かった」

と、逆なことを私に論じこんできた人がある。

大阪の千里の阪急ホテルのあかるいバーで酒をのんでいたときのことで、近所の民族学博物館での会合から流れてきたアメリカ人の若い学者だった。

「そんなことはない」

と私が否定すると、

「いや、そうじゃない」

と、陽気にしがみついてくる。

流暢《りゅうちょう》な日本語を喋った。要するに、アメリカ風の議論《ディイベイト》を楽しんでいるのである。

ディベイトは、欧米人にとってほとんど風土的なほどのもので、「神はあるか」という神学論義を千数百年もつづけてきた文化的遺伝であるかもしれない。

アメリカでは、ディベイトは高校の教科のなかに入っていて、きょうはその〝試合〟という日、母親が子供を「負けるな」とはげまして送りだすそうである。

私は議論がにがてで、しかもうとましくおもうほうである。たとえば、

「二宮金次郎は泥棒である」

というテーゼを持ちだされて、それに対し甲論乙駁《こうろんおつばく》する気にはなれない。

金次郎の家は貧しくて持山《もちやま》などあるはずがないのに、薪《たきぎ》を背負って山を降りてくる。つまり泥棒である、という意見に対し、どうこうと議論する気になれないのである。

日本人の場合、議論よりも、説明をする。これを説明すれば、

「明治以前はどの村にも入会山《いりあいやま》という村落の共有林がありました。金次郎の場合、そこから薪を採《と》ってきたのでしょう」

ということになる。ディベイトの場合、相手は、

「証拠があるか」

と、突っこんでくる。そんなものは無い。当時はみなそうだったんです、とやむなく状況論に話をもちこむ。

「いいえ、状況をきいているのではありません。金次郎一個の場合はどうかときいているのです」

となる。


江戸時代の識字率の高さも、べつに統計があったわけではないから、前記のように状況からの推論である。

バーでのディベイトは、私の〝説明〟は正しいのだが、しかしレスリングのように相手の両肩をマットに着けられなかったということでは、私の負けである。

これからの若い人は、ぜひそのほうの技術を身につけてもらいたい。

日米会議の席上でも、酒場でも、相手の両肩をマットにつけてほしいものである。むろ

ん論理と修辞のほかに相手が負けて喜ぶような機智がほしい。機智なき議論は、犬の噛みあいにすぎない。

（一九九二〈平成四〉年一月六日）

70

鼻水

私にはアレルギー性の鼻炎がある。冴えないはなしだが、朝、しきりに鼻をかむ。きょうもかみながら、考えた。

鼻孔から出るこの水様《みずよう》の液体のことを、『広辞苑』でひくと、鼻水という。俳句のほうでは「水洟《みずばな》」といって、ありがたくも冬の季語になっている。

「水洟や七敵《しちてき》躱《かわ》し帰りきて」(神林信一)

この句は、『草田男季寄せ《くさたおきよ》』(萬緑発行所)にある。

作者は、外出中に水洟が出てこらえかね、出会う人ごとにそぞろにあいさつしつつ身をかわしてやっと家にたどりついた。

七敵というのがいい。男は家を出れば七人の敵がいる。そんな俚諺《りげん》を挿入することで滑稽さがふくらむ。

『広辞苑』には、「鼻汁」という言葉もある。

汁は分泌液を想像させてきたならしい。

ちかごろの日本語では汁ということばを避ける気配《けはい》がある。料理屋の献立表《こんだてひょう》などでも、味噌汁・すまし汁と書かず、

「味噌椀・すまし椀」

などと書く場合が多い。いかにも、きたなさに過敏な日本語らしくて、おかしい。

ずいぶん以前、すでに故人になった食通の大家とレストランで同席したとき、スープのコンソメのことを、

「おすまし」

といって注文した。ややキザながら、好もしくもあった。

「すましじるをくれ」

では、語感がわるい。

〃めしと汁〃というのは、伝統的な日本語ながら、どちらも、使われる頻度がすくなくなった。

表現の豊かな人がいて、あるとき、安宿にとまり、湿《しめ》ったふとんに寝かされた。

「汁の出そうなふとんでした」

なんだか、煮た油揚げをふとんにしているようで、汁という言葉が久しぶりで生きていた。しかし汁はきたない。

ふるい漢語では、鼻汁のことを泗《し》という。現代中国音でいうと、スーである。鼻汁が出て吸いこむときの音である。

英語の辞書をひくと、鼻汁はスナット（snot）で、これも音から出たことばにちがいない。

ひょっとすると、スープも音から出たことばかもしれず、辞書の例文をみると、しる同様、生理的分泌液にもつかわれることがあるようである。しかし、英語は日本語のように癇性《かんしよう》病み（病的なきれい好き）ではなさそうだから、「しる」が「わん」になるような急変は、おこるまいと思われる。

チャールズ・ブロンソンは、アメリカの映画俳優としては、ふしぎなほど日本人に好かれた。

「その俳優の名、日本人はよく話題に出しますが、私は存在すら知らないのです」

と、人間関係論のアメリカの教授が、興ふかげにいったことがある。そのことはべつとして、ブロンソンが主演した「狼よさらば」では、昼は建築会社の設計部長だが、夜は一連のチンピラ射殺事件の真犯人という役なのである。そのことを老練な警部がつきとめる。

この警部の役は、むずかしい。容赦ない刑事でありながら、あろうことか建築設計家の

〝正義〟に同情し、職務上の正義を私《ひそか》にまげる。

「他の州に転勤してくれないか」

と、とぼけてブロンソンにいう。警部はひどいアレルギー性鼻炎で、いつも丸めたハンカチを鼻にあてている。この一事で、この警部の好もしい〝間抜け〟がよく表現されている。

ジョルジュ・シムノンの「メグレ警部」は、頑丈な体をもっている。ところが風邪をひくと鼻水があふれ、ハンカチでふさぐ。それだけで、メグレの意外な鈍重さが人間くさく表現される。


花粉によるアレルギー性鼻炎が冬でも流行している。

遺伝学と免疫学の最前の学説の一つに、人類の遠い先祖が、鼻の奥かなにかに寄生虫をつけていたころの名残りだというのがある。

人類が進歩し、寄生虫とは無縁になっても、体の免疫機能だけが残り、花粉などの異物がくっつくと、馬鹿正直に鼻水を流すというのである。

その伝でゆけば、私の寒冷アレルギーなどは、一、二万年前、先祖がシベリアのバイカル湖畔に住んでいたときの名残りかもしれない。

当時、シベリアは温暖で、ほどなく寒冷化した。

寒さから逃げて、人類学でいう〝黄色人種《モンゴロイド》の南下運動〟がおこり、私の先祖も「七敵を躱《かわ》し」つつ南下した。そのころのアレルギーの末裔《まつえい》がこの鼻水かと思えば、気宇壮大になる。

何事も、苦痛はよき伴侶《はんりょ》としてつきあうしか仕方がない。

（一九九二〈平成四〉年二月三日）

71　写真家の証言

技術と製造。

この二つを、仮りに〝神〟として考えたい。この〝神〟は、十八・十九世紀のイギリスを、世界の帝国にした。

「ヱゲレス」

と、江戸後期の在野の経世思想家本多利明《としあき》（一七四三〜一八二〇）は、『西域物語』（一七九八）のなかで、英国のことをそうよんでいる。かれは日本も将来、ヱゲレス島とならんで大きく富んだ国になるだろう、と予言した。ふしぎな天才というほかない。

江戸期日本の鎖国がおびやかされたのは、嘉永六年（一八五三）のペリー・ショックによる。

日本国の上下が大さわぎしているとき、江戸湾に侵入した蒸気船を生まれてはじめて見て、わが藩であれを製造しようと決心した人物が、三人もいた。薩摩侯、肥前佐賀侯、それに伊予宇和島侯で、三年後に、それぞれ不完全ながらもつくりあげた。

「技術と製造」という〝神〟の徳性は、この三人に見られるように、技術への信仰と高度な好奇心にささえられている。

右の〝神〟は、ある時期までの英国のように、質のいい労働力と、技術をおもしろがる社会に宿るらしい。

時は過ぎ、日本の明治十一年（一八七八）、英国のシドニー・G・トマスという発明家が、製鋼における厄介な燐《りん》をとりのぞく方法を発表した。

以前ならば旺盛な関心を示すはずの英国の鉄鋼協会は、これを黙殺した。この鈍感さは、〝神〟が英国から去ろうとしている徴候だったのかもしれない。

このトマス式を大よろこびしてとり入れたのは、当時のドイツとアメリカだった。

ドイツの製造業はこの時期あたりから興隆し、やがて十九世紀末には英国の機械を圧倒しはじめた。

一九一四年におこった第一次世界大戦でドイツは英国にたたかれてつぶれたが、たたいた英国に〝神〟がもどることはなかった。〝神〟はアメリカに移った。

日本の大正時代から昭和初年にかけてのことである。

マーガレット・バーク＝ホワイト（一九〇四〜七一）という女性名は、いまも世界の写真家にとって、ギリシア神話の女神たちよりも神聖な名であるに相違ない。

ちかごろ、彼女についてのいい伝記が出た。ビッキー・ゴールドバーグという美術評論家が書き、佐復《さまた》秀樹氏が訳した『美しき「ライフ」の伝説』（平凡社）である。

マーガレットは無名の機械の発明家の娘だった。父親は生涯恵まれなかったが、機械が大好きで、娘に、工業的光景はなによりも美しいという思想を手わたした。

彼女の時代のアメリカは、技術と製造の文明が沸騰していた。

同書に、当時のアメリカについてうまい表現がある。

「工場を建てる者は寺院を建てているのであり、そこで働く者はそれを崇拝する」

「アメリカではビジネスが一種の宗教のようになり、ビジネスマンは聖職者」であった、という。またビジネスマンこそ「倫理と行動の基準を創る者」だったともいい、さらには、「ヘンリー・フォード同様に『機械は新しい救世主だ』」とアメリカ人はおもっていたという。

彼女は大学を出てほどなく工場に入りびたって、その幾何学的な美しさを、光と影で表現しつづけた。

これらの作品は、写真を芸術に高めただけでなく、機械化社会という新文明における言語にまで仕上げた。機械と製造の〝神〟の『聖書』のあたらしい言語は、彼女の写真だったといっていい。

当時の写真機やフィルムでは、熔鉱炉の火は撮影しにくかった。

彼女自身が、発明者だった。

彼女は炉の前でシャッターを数秒露出しておいて、照明弾を炸裂《さくれつ》させ、その照明によって炉のなかで弾《はじ》けとぶ火花をフィルムに感光させた。

一九二七（昭和二）年のことである。やがて大恐慌がくる。が、彼女の美学はたじろがず、『ライフ』の思想的支柱であり、看板娘でありつづけた。セクシーで恋多き女性だったが、これはこの稿では余分である。

以上は、書評のつもりで書いた。読みつつ、一方、日本国首相の発言を歪曲《わいきょく》してまで日本たたきの空さわぎをせねばならないアメリカに、不安を感じた。

右の〝神〟はアメリカをもっとも居心地のよい神殿にしてきたし、今後もそうありつづけることを世界のひとびととともに祈りたい。

ただアメリカが自国の産業を保護し、そのかがやかしい自由貿易の旗を半旗にすれば、〝神〟はたちどころに去るにちがいない。むろん、世界に混乱がおこる。

この稿の結論は、読者にまかせる。

（一九九二〈平成四〉年三月二日）

72　窓を閉めた顔

夜道を歩いていて、窓の灯《ともしび》をみると、心がなごむ。

反対に、繁華街などで、そこだけシャッターがおりていると、ただの通りすがりの身ながらも、街にケチがついているような気になる。

人の顔もおなじである。

「中国人の顔は、リラックスしている」

と、むかし日本通のアメリカ人にいわれたことがあった。つまり、窓があいている。しかし、残念ながら日本人の印象はそうでない、という。

むろん、十把《じっぱ》ひとからげにはいえない。私は、仏教哲学の碩学《せきがく》中村元《はじめ》博士にお会いしたのは一度きりだが、すばらしいお顔だった。

「――どなたも、ご自由にお入りください」

というふうに、お顔の窓が快くあいていた。

これも一度きり、それもわずか二十分ほどだったが、故本田宗一郎氏と会ったときの印象もそうだった。

なにしろ一代で本田技研を築きあげながら、会社は〝公〟で私物ではないという信念をつらぬいた人だけに、風が吹きとおっているような人柄で、いまも思いだすたびに心の風鈴が鳴るような思いがする。

日本人は、むかしもいまも礼儀正しい民族だとされている。

が、電気ジャーのように、知っている人がボタンを押すと、礼儀という温かいお湯を出してくれる。

そうでなければ、〝閉〟のままで、仏頂面《ぶっちょうづら》をして、バス停やプラットフォームに立っている。

先日、ニューヨークに行った。

街頭で、何度も、むこうからやってくる日本人のビジネスマンをみた。二、三の例をのぞき、どの顔も、窓やシャッターが閉じられていて、いかにも自己中心のようにみえた。

むろんご当人のお人柄はそうでないにせよ、である。

私は、戦後ベトナムに残留した日本陸軍の元曹長に出あったことがある。私と同年輩ながら、

（こんなおじさんが、戦前、町内にたくさんいたなあ）

と、たまらないほどの懐かしさをおぼえた。


いまは韓国系アメリカ人になっているミセス・イムが、いった。

「あの人、戦前の日本人の顔つきをしているんです」

と、静岡県出身の三十代の夫婦のことをいい、だから好きなんです、といった。

ミセス・イムは戦前の上海の日本女学校の出身である。戦前の日本人がぜんぶいい人ではなかったにせよ、いい人はみなあの人のような感じだった、という。


笠智衆《りゅうちしゅう》と高倉健への人気について、考えたことがある。

ファンは心の奥で、この二人に〝戦前の日本人〟を感じているのではないか、ということである。


ニューヨークでは、おなじホテルに十数泊した。

毎晩、ホテルのメインバーで、酒をのんだ。

遠見《とおみ》でみると、極東の紳士たちはバーの従業員に対して横柄《おうへい》であるようにみえた。

「運チャン、新宿まで行ってくれ」

という、東京でしばしば見かけるのと同質の横柄さである。

もっとも運転手のほうも、ちかごろはしばしば不貞腐《ふてくさ》れている。ときに、最悪の日本人二人が、一つ車で走っている。


右のホテルのバーは、ウェイトレスが一人だけできりもりしていた。彼女はニューヨーク大学の修士課程の女子学生で、最後の夜、家内に対し、涙をうかべて別れを惜しんでくれた。

「しかし、日本のビジネスマンは、大きらいです」

と、彼女がつけ加えたことが、こたえた。

以上は、私どもが、以前の日本人でなくなっていることを考えたいために書いた。この調子なら、いずれ大がかりな仕返しをうけて（戦前のＡＢＣＤラインのように）日本は衰亡の道をたどるかもしれない。

この悲観論とそっくりなことを、さきに大阪で山片蟠桃《やまがたばんとう》賞をうけたサイデンステッカー博士が、傲慢になった日本人について、愛と不安をこめて語った。かならず報復される、と。

みなで、まず顔をリラックスさせることからはじめるべきではないか。

（一九九二〈平成四〉年四月六日）

73
電池

蓄電池、とくに乾電池を想像されたい。「さあ、あたらしい電池をいれたぞ」坊やが、懐中電灯のスイッチを勢いよく前に押す。

大げさでなく、闇黒という地球誕生以来つづいてきた世界に、人間が生みだした可憐なエネルギーが、わずかな面積ながら、光明を生みだす。

自然人に寿命があるように、団体や法人にも——まして政党にも——寿命がある。むろん電池にも。

戦後、さまざまな在野の美術団体が興った。行動美術、新制作など、いずれも大変な熱気で、新品の電池が入った。

そのころ、新聞社の受付で、

「独立です」

と、叫んだ五、六人の画家たちがいた。いずれもジャングルの水から這い出てきたばかりのような顔だちをしていたので、受付の娘さんが東南アジアから志士たちがやってきたのかとカンちがいして編集局につたえた。

記者たちが色めきたって降りてみると、〝独立〟と略称される独立美術協会の画家たちだった。この協会は戦前にもあったが、戦後再建されて、電池が新品になった。


そんな勢いは、もうこんにちどの既成美術団体にもない。

電池が減ったのである。

私は、団体の電池の寿命は、三、四十年だとおもっている。

政党の場合はなおさらで、与野党の党首発言をきいてもわかる。電気を感じさせないのである。


とくに政党の党首の場合、吐く言葉の一つずつが電流になり、さまざまなモーターが動きだすべきものなのである。それだけの権限を法や党人や国民からあたえられている。

しかしこんにち、あきらかに電池が切れているか、切れたも同然になっている。

日本社会党は明治三十九年（一九〇六）の結党だが、敗戦直後（一九四五年）に再出発したから、もう四十七年になる。すでに切れている。

一方、保守系政党は、戦後、離合集散をくりかえしつつ、昭和三十年に自由民主党として一本化した。そのとき、電池が入れかわったとして、もう三十七年になる。光度が消え入るように弱い。

「抜本的政治改革をおこないます」

というはげしい表現が、前首相以来くりかえされてきた。

バッポンというふしぎな日本語は、辞書をひくと、中国の史書『春秋』の注釈書『左氏伝』の〃抜本塞源〃からきている。

こんな紀元前の言葉を大がかりな表現としてつかわねばならないのは、せめてスイッチを押す音だけでも高くせざるをえないからだろう。電池が生きていれば「政治改革をする」ということだけで満堂が粛然とし、満天下が奮《ふる》う。

保守党というのは、語義からいって、〃中庸・穏健〃ということである。英国の保守党の場合、〃穏健な進歩主義〃というべき特徴をもっている。これが、自己改造の能力につながる。

この能力があればこそ英国の政党にむかしは汚職が常習としてつきまとっていたのに、いまは無いにひとしい。

英国では若いサラリーマンの貯金程度の費用で選挙ができ、法定額を越えればたとえ当選しても無効になる。こんな自己改革ができたのも、右の〃穏健な進歩主義〃のおかげである。

つまりは、みずからの手で、節目《ふしめ》節目で電池を入れかえてきたのである。

日本の政党は、今後どうなるのだろう。〃政治改革〃という電池の入れかえをとなえつつも、決して点灯することのない懐中電灯のスイッチを、カチカチと鳴らしているだけである。

電池の切れた政党では、首相の座に、たれがついてもそうなる。

（一九九二〈平成四〉年五月四日）

74 悪魔

村びとA「われわれは、同じ顔つきをしている。習慣も言葉もおなじだ」
村びとB「そう、だまっていても心が通じあう。寄りそっていると、心がやすまるじゃないか」

安らぎという日常そのものを共有するのが、集団というものである。民族といってもいい。

が、〝敵〟が設けられると、形相《ぎようそう》が一変する。
「むこうのやつらとは、われわれはちがう」
と誰かが叫び、〝民族〟が結束する。結束すると、理性がなくなって、おだやかな人達が別の人間になる。ヒトラーに煽《あお》られたドイツ人のようにである。
「やつらを殺せ」

解体されたユーゴスラビア連邦のように、たがいに殺しあい、相手の街を焼き、戦車で押しつぶしあう。他者からみると、地獄をつくりあっている。

人間の奥底には、悪魔がひそんでいるそうである。すくなくとも民族間紛争は、悪魔のしわざというほかない。

でなければ、人口二千三百万ほどの旧ユーゴスラビア連邦で、十ヵ月もつづく内乱のために百五十万人もの難民が生み出されるはずがない。しかも逃げまどう人達が、ご一統がなぜ戦いあっているのか、よくわからないのである。

「近所のセルビア人とは仲良くやってきた。祭日も一緒に祝ってきたのに」

『ニューズウィーク』のなかで、自宅をキリスト教（ギリシア正教の）セルビア人兵士たちに焼かれたイスラム系の住民がこぼしている。この難民がいうように人間は日常、個人のレベルではいい人ばかりだった、ということだろう。しかし、人間が同質でもって固まると、ときに悪魔を生む。

「無意識世界」

が、その巣窟らしい。精神医学者のユング（一八七五〜一九六一）が、そういう。

意識については、私どもは、百も承知している。

その奥に、本人も気づかない地下世界があって、ユングはそれを無意識という（私には、十分にはなっとくしがたいが）。

ユングは、人間の無意識は二重になっているという。一つは個人的無意識である。もう一つが厄介で、集合的無意識（普遍的無意識）だとユングはいうのである。しかも後者は人間ぜんぶに共通しているという。古代人も、文明人も、未開人も、そしていまのわれわれにも。

ユングによると、この厄介な集合的無意識には元型《アーキタイプ》（archetype）があって、当然、ロスの黒人にも韓国人にもそれがある。一方は奪い、一方はそれを殺す。正気の沙汰ではない。

やはり、元型のなかに、悪魔が棲《す》んでいるらしい。

キリスト教では、神は三位《さんみ》一体だという。父なる神と子なるイエスと、それに聖霊である。

「しかし、四位一体というべきで、悪魔こそ四番目だ」

と、ユングは考えた。ユングはスイスの牧師の子で、キリスト教的ふんいきで育った。長じて、ひろくインドや中国、さらには鬼子母神《きしもじん》（本来、インド神）のような日本の土俗信仰にも目をむけた。

キリスト教では、以前、悪魔という名を口にすることさえ憚《はばか》った。口に出せば、いそいで十字を切る。

むろん、悪魔もまた神の創造物である。

カトリック（旧教）では、悪魔を忌《い》みつつも、その存在をたえず説いた。が、プロテスタント（新教）になって、そんな古くさいはなしは、しなくなった。

「それがよくなかった」

と、ユングはヒトラーによるドイツ人の民族的狂気をおもうとき、よくいっていたらしい。

私はユングについては河合隼雄氏などの著作で知るのみだが、ちかごろ意外な本のなかで、ユングの鮮烈なことばに出あった。『モラヴィア自伝』（河出書房新社）である。

この人は、一昨年、八十二で亡くなったイタリアの代表的な作家である。

第二次大戦のあと、モラヴィアは雑誌にたのまれて、スイスのチューリッヒ郊外に住むユングを訪ねた。ユングはすでに高齢だった。かれは、第一次世界大戦前夜のことを、いった。

「新教は、悪魔を閉じこめたんだ。ひとびとは、無意識世界などはないとおもうようになった。閉塞された無意識が、ヨーロッパ文明に、悪魔的で自殺的な行為をおこさせた。破壊と死を恍惚《こうこつ》として眺めるようになった」（ユングの言葉の要約）

ユングはそう言いながら、一九一四年におけるベルリンの情景をいきいきと表現したという。

「熱狂した新兵を満載した列車と、それを引っぱる、花で飾られた機関車」

と、ユングはいったという。つまり集合的無意識世界の光景である。

むろん第二次大戦のナチの悪魔的所業についても、ユングはおなじ説明法で語った。

民族という存在は、諸刃《もろは》の刃を素手でつかんでいるようなものである。自分の民族に誇りと根をもたない人間は信用できないのと同時に、民族共有の地下宮殿（集合的無意識）にはつねに悪魔がひそんでいることを知っておかねば、世界は民族間紛争であけ暮れるだろう。


（一九九二〈平成四〉年六月一日）

75 地雷

カンボジアは、本来、ゆたかな国である。いかに物成《ものな》りのいい国かということについて、

「あそこじゃ、耳を澄ましていると、稲の伸びる音がきこえるんだよ」

という話を、以前、ベトナムできいた。むろん国内のすべてがそうではないだろうが。

カンボジアに住むクメール人の能力のあかしとして、十二世紀のアンコールワットの遺跡がある。

砂岩で多くの聖殿をつくり、無数の彫刻をのこした。江戸初期の寛永九年（一六三二）、ここを訪れた日本の武士森本右近太夫《うこんだゆう》は感動をこめて、落書きを聖殿の壁にのこした。ここそ祇園精舎《ぎおんしょうじゃ》だとおもったらしい。

が、この祇園精舎の国も、自分で自分を統治することは上手でないようである。政治上手の国民の第一能力は、〝統治されることが上手〟ということなのである。

政治は――老荘の思想がそうだが――政治の過剰ということがよくない。

ただ、世界史に〃政治の過剰〃という例はあまりなく、その例は近現代に集中している。ナチズム、スターリン主義。

さらには毛沢東主義である。

このうとましいほどに子供っぽい政治の過剰は、この国に深刻な惨禍をのこしただけでなく、カンボジアにまで輸出された。

ポル・ポト派である。カンボジア共産党書記長ポル・ポト氏は一九七七年、〃われわれは毛沢東主義をモデルとした独自の共産党である〃という途方もない言明をした。毛語録の〃農村は都市を包囲せよ〃のいうとおりに、一九七五年、首都プノンペンを制圧することに成功した。

そのあと、じつに奇抜な〃過剰〃をやった。

二百万市民のぜんぶを首都から追いだし、百万人は殺したのである。

さらに、通貨も悪であるとし、いっさい廃止し、銀行もつぶした。

四年間、カンボジアを支配した。

毛沢東は〝革命は銃口からうまれる〟といったが、ポル・ポト派も兵器ですべて解決しようとした。兵器が、政治だった。それらの兵器は、中国から送られてきた。

いまはポル・ポト派も和平のテーブルについているが、国連による武装解除を拒否している。

兵器こそ政治であり、思想であり、さらには自分自身だとおもっているのかもしれない。捨てれば、自分がタダの人になる。銃をうしなったハイジャッカーのようにである。

裏返せば、兵器で国民の命をおびやかして表現せねばならない政治や思想など、その程度のものなのである。

カンボジアの国土にうずめられた地雷は、五十万個あるいはそれ以上といわれ、排除するには十年はかかるといわれる。

その多くが、中国から与えられたものである。

その除去を国連がやる。すでに英国やニュージーランドなど多くのひとたちが、その作業をやりはじめている。

いまの地雷はプラスチック製もある。それらには金属探知機も有効でなく、一人の技術者が地を這い、地面に針をさし、針のさきに地雷を感じてはじめてそこにあることを知る。

一つまちがえば、いのちが吹っとぶ。

この世に、こんな作業があるだろうか。

人間は、古代以来、戦って死ぬことには、歴史として慣れている（善悪をいっているのではない）。が、見ず知らずの他人の平和のためにいのちを賭《と》して非演劇的な作業をするということには、人は歴史として慣れていない。

それを、何百、何千人の人間が、団体を組んでやろうというのである。

平和のためとか人類のためなどというのは、口では言うことはたやすい。が、いまなお、平和も人類ということばも多分に観念語で、人間をうごかしている諸欲からみれば、絵空事《えそらごと》に近い。

その絵空事が魂の中に入っていなければ、このような作業はできるものではない。この世に祇園精舎の平和を実現するためにとでも思わねば、やれるものではないのである。

崇高としか言いようがないが、この地雷を製造した国々も、この崇高さに参加してみてはどうか。

ついでながら、森本右近太夫は、乱世を経た。かれの父は加藤清正の遺臣だった。当時、プノンペンに日本人町があったから、この地にやってきたのにちがいない。

（一九九二〈平成四〉年七月七日）

76　壺中《こちゅう》の天

私にも、軍歴がある。

旧憲法の時代、兵役は納税・教育とともに国民の三大義務の一つであった。いまなお私はそれを果たしたことを誇りにおもっている。納税期に税を払ったようにである。

兵科はたまたま戦車科だった。

機械がこみ入っているためか、将校の多くは士官学校出で、下士官のほとんどは現役であった。要するに末期の部隊のような寄せあつめではなく、平均年齢も若かった。

それらのせいか、戦後四十七年、さまざまに報道されてきたような不祥事は、見たことも聞いたこともない。

私どもの連隊は、いわゆる満洲にいた。

中国人とのあいだはうまく行っていたつもりでいたし、見聞の範囲では、暴慢な者など一人もいなかった。最後は、本土防衛のために栃木県に駐屯した。

私自身の軍隊経験は二年でしかなかった。しかし私の部下になってくれた軍曹も他の古参下士官も、ほとんどがマレー作戦からシンガポール攻略戦、さらには初期ビルマ戦を経験していた。どの人も若いころから古風で、『論語』「泰伯」篇の「以《もっ》テ六尺《りくせき》ノ孤《こ》ヲ託スベシ」といった人柄の人ばかりである。

べつに、旧軍隊の弁護をしているわけではない。管見をのべているだけである。管見とはほそい管《くだ》をのぞいて外界を見ること。管見をつづける。この連隊は、栃木県佐野で、敗戦後、整然と解散した。解散の前に一准尉《じゅんい》が、連隊のカンヅメを何個か私物にしたという事件があって、このきまじめな部隊としては〝大事件〟だった。

いまでも、中隊の仲間が、年一度、集まりをする。たがいに世話になったことを感謝するためである。すでに二十数回をかさねた。

くどいようだが、自分や仲間たちの経験を絶対化するなど、壺の中の仙人のようなものだということはわかっている。

暑気しのぎに、壺の中という寓話を紹介しておく。『漢書《かんじょ》』のなかの「費長房《ひちょうぼう》伝」でのはなしである。

費長房は、後漢《ごかん》の道士であった。

かれがまだ道士になっていないころ、ある日、楼上から市《いち》をながめていると、老翁が薬を売っていた。老翁のかたわらには、壺が置かれている。市がおわると、老翁はひょいと壺の中に入ってしまう。

市《いち》の人達はたれも気づかず、費長房だけが、楼上からそれを見てしまった。

あとでかれは老翁に頼みこみ、二人して壺の中に入った。

なかはひろびろとした金殿玉楼だった。ご馳走がふんだんにあって、費長房は大いに飲み食いした。

費長房はさらに老翁にたのみ、仙術を学ぶべく山に入った。

しかし身につかず、あきらめて山を降りた。その間、わずか十日だったのに、里《さと》では十数年も経っていた。

「壺中《こちゅう》の天」

ということばはこの故事からおこった。

自分だけの理想郷というすばらしく肯定的な意味と、きわめて狭小で手前勝手の見解という否定的な意味とをあわせ持っている。

日本国は、国家そのものが壺中の天になりはてたことがある。

明治・大正の日本は、壺中の天ではなかった。

昭和になって、国ぐるみ壺の中に入った。三権分立の近代憲法をもちながら、昭和初年、〝三権のほかに統帥権《とうすいけん》がある〟という解釈がのさばり、あわれな有害憲法になった。統帥権とは、軍に無限の権能をあたえるものであった。

ついには、太平洋戦争をひきおこした。

〝統帥権〟の時代は、あの時代だけに限られた限定事象である。そんな条件がない以上(今後もありえない)、二度とあんな時代はやって来ない。

費長房の好き日々は、みじかかった。

かれは仙人からもらった符《ふ》のおかげで諸人の病いをなおし金持になったが、のちその符を失うことによって、鬼にとり殺された。

万能の符を持つためにほろんだのである。

昭和陸軍もまた明治憲法の〝統帥権〟という符を持ち、それによって日本を〝壺中の天〟に閉じこめ、自他の国民に深刻な害をあたえた。

費長房と同様、国家もろともにほろんだ。

右の壺中の天と、私どもの戦友会という小さな〝壺中の天〟とは、じかに関係はない。

会員のほとんどが私よりすこし年上である。

この会の元軍曹や元上等兵は、戦中も戦後も律義《りちぎ》に生きた。その会ではいまだに、カンヅメを十個ばかりごまかした准尉の件が、大事件として語られるのである。

以上、昭和史における小さな証言として。

（一九九二〈平成四〉年八月三日）

77　オランダ

オランダの話をしたい。

十六世紀には、〝海の乞食〟などといわれたこの国は、十七世紀前後に独立し、貿易によってにわかに黄金時代を迎えた。世界史の驚異といっていい。

十七世紀のオランダは、多くの遺産を後世にのこした。海事施設にせよ、レンブラントなどの絵画にせよ、すばらしい文化財は、みなこの繁栄の世紀のものである。当時、国民生産高は、ヨーロッパ第一等だった。

背まで大きくなった。

それ以前のオランダ兵の軍装や骨董品の寝台をみると、ひところの日本人の平均身長とかわらなそうにみえる。むろんいまは世界でもノッポの国の一つである。

「ええ、オランダ人はインドネシアを植民地にして（十七世紀初頭）から、よく食べて、背が高くなったんです」

と、江上波夫博士は、ケーキの切り口のような明快さでいわれたことがある。

おどろくべきことは、この黄金時代のオランダの人口は、百五十万でしかなかったことである。

さぞひとびとは多忙だったろう。

男たちの多くは船乗りになった。

他の人達は、海面同様もしくは低いといわれる国土を造成した。ときに女だけで土を運び、ダムを築き、干拓地をつくった。俚言《りげん》に、「神は世界を創り給うた。しかしオランダだけは、オランダ人がつくった」というのがある。

百五十万のなかには、むろん学者もいた。かれらはライデン大学に拠《よ》って、エラスムス以来の人文学や、解剖学、植物学、化学などの分野でヨーロッパの先頭に立った。

老人たちは、航海用の望遠鏡のレンズ磨きをした。哲学者のスピノザは老人ではなかったが、資産をすて、レンズ磨きで生計をたてて、偉大な哲学的生産をおこなった。「スピノザは純然たる仙人なり」と、わが三宅雪嶺がいった（明治二十二年刊『哲学涓滴《けんてき》』）。奇人と解してもいい。

そういえば、当時のオランダは、奇人だらけだった。

画家たちもそうで、他国の画家のように有力貴族からの肖像画やカトリック教会からの宗教画の注文によって食うわけにゆかなかったため、果物や野原や、無名の農婦を描いた。美術史上、静物画や風景画がはじまるのは、この時代のオランダからである。

肖像画を注文してくれる有力貴族がいなかったために、画家たちは市民たちの相乗《あいの》りによる複数の肖像画を描いた。画料は、割り勘（ダッチ　アカウント）だった。世界第一等名画ともいうべきレンブラントの「夜警」も、このようにして出来た。

嫉妬は個人だけに属する感情ではない。

当時のオランダの富裕を、他国が嫉妬した。嫉妬は理不尽《りふじん》な戦争で表現された。英国がもっともはなはだしかった。嫉妬のあまり、フランスとしめしあわせ、海と陸からオランダをしめあげた。

このしめつけで、十七世紀末、オランダの黄金時代は七、八十年でおわることになる。

十七世紀のオランダといまの日本が似ていなくもない。

厄介な要求を各国からつきつけられて、応接にいとまがない。苦情のたねがなければ、過去の旧悪までほじくり出され、「侵略戦争の反省が足りない」などといわれる。

日本としては、みずからの旧悪については剛直に事実をあきらかにし、償《つぐな》うべきことについては、武士の国の末裔らしい淡泊さをもって、そうすべきである。幸い、いまは十七世紀ではないから、戦争まで仕掛けられることはなさそうである。

十七世紀といえば、その初頭（徳川初期）、日本も活力があった。平和が到来した時代でもあり、富力もそれに伴い、後世にのこる記念碑的文化財を生んだ。建築でいえば、姫路城も桂離宮も、この時代にできた。その後、これだけの建築がつくられただろうか。

問題は、いまの日本に後世に遺すに足る有形・無形の文化財が生み出されようとしているかどうかである。いま、百五十万のオランダの奇人たちの時代を、一億人という劃一性の高い私どもは、参考にしてみる必要があるのではないか。

むろん、奇人といったのは、独創的思考者と言いなおしていい。

（一九九二〈平成四〉年九月七日）

78 バナナ

日本じゅうが、政界の陋劣《ろうれつ》さに滅入っている。

それとは関係はないが、ひさしぶりにバナナを食ってみると、のどかな気分になった。

バナナについて考えてみた。


一九七三（昭和四十八）年の四月、米軍が去ったあとのベトナムのサイゴンに行ったとき、産経新聞社の支局長だった故近藤紘一氏に出会った。このすばらしい感受性の人は他人の苦痛がそのまま自分の苦しみになってもだえるところがあって、それが記事を書く源泉にもなっていた。かれはサイゴン庶民の窮状の話をした。

「まだ一部ですが、バナナを食っている人もいます」

そりゃ旨いだろう、と思うのは見当ちがいである。肥沃なメコンデルタではバナナはただ同然のもので、古来、それだけを食うというのは、貧のたとえなのである。

バナナという世界語は、新村出《しんむらいずる》博士の『琅玕記《ろうかんき》』によると、アラブ語だそうである。手足の指〝バナーン〟からきているらしいという。なるほど房状の実をみると、手の指をおもわせる。

中世のアラブ人は、「シンドバッドの冒険」でもわかるように、航海と冒険の民であった。東南アジアに香料を買いに行って富を得つづけたが、ついでにバナナも船につみこんだにちがいなく、やがてヨーロッパにまで知られるようになった。

日本人がバナナを知るのは、むろん明治になってからである。

ただ、古くからその木は知っていた。

芭蕉である。中国南部から渡来したもので、平安朝から親しまれ、カナでは〝はせう〟とか〝はせを〟とかと表記した。日本の芭蕉の木でも小さな実をつけることがあるが、食って旨いという記録は見あたらない。

バナナは、草である。

その茎はときに大木のように成長する。ただ茎を剝《む》くと、ラッキョウと同様、ついに中身がない。

仏教はインドでできたから、仏典にバナナが出てくる。

旨いというたとえはなく、〃実体のないもの〃のたとえに使われる。

中村元博士の『仏教語大辞典』によると、『大日経』の住心品や『瑜伽《ゆが》論』などに使用例があり、「芭蕉泡沫《ほうまつ》の世」（『雑阿含経《ぞうあごんきょう》』）という言いかたがある。

この世というのは、〃バナナの木を剝くように、あるいは泡のように空《むな》しい〃というのである。

「まったく芭蕉のような世だ」

と、お釈迦さまもおっしゃったろうか。

芭蕉葉《ばしょうば》は、やぶれやすい。

その破れた風情《ふぜい》が勇ましくもあり、いさぎよくもある、というので、日本の戦国時代、武者たちの旗指物《はたさしもの》のデザインとして愛された。この旗指物をはためかせて馬上疾駆《しっく》するとき、いかにも不惜身命《ふしゃくしんみょう》のいさぎよさを感じさせた。芭蕉葉にこういう美的思想をもたせたのは日本文化だけではあるまいか。

伊賀の国に上野城があり、城主藤堂家の嗣子に仕えた松尾という若い武士が、おなじく年若《としわか》な主人の死に遭い、出奔して江戸に出た。

年を経て、深川六間堀に住み、小庭に芭蕉をうえた。塀ごしに葉がさかえ、遠目にもよくみえたので、ひとびとは芭蕉庵とよび、自分でもそれを俳号にした。

芭蕉翁はむろん芭蕉の仏教語としての意味をよく知っていたはずである。

日本人の精神生活を活気づけてきたのは、草や木であった。

俳句以前から、日本文化は草や木の名をじつによく知っていて、名まで風情のうちとして楽しんできた。

「日本人から草の名をきかれると、じつにこまります」

中国人の通訳がいったことがある。中国人のくらしに草や木の名はほとんど出て来ないから、通訳も知らない。

「日本人の特技ですね」

と、韓国の知識人から愛をこめてからかわれたことがある。

韓国の文化も、草や木の名については、大ざっぱなのである。

以上、バナナの精神史を思って、濁世《じょくせ》からうける落ちこみをまぎらわせることにする。


（一九九二〈平成四〉年十月五日）

79 法

スポーツがルールでできあがっているように、近代国家も、法という人工的なものでできあがっている。ただし古代以来の雑菌にまみれた自然土壌も残っていなくはない。

自然がすべて善だというのは、迷信である。

むろん人体が、大腸菌をも含んだ自然の存在である以上、自然を忘れてなにごとも存在できない。

が、自然が悪である場合もある。ヒトという動物は、社会を組んで生きている。もしヒトがもつ自然――欲望――を野放しにすれば、たがいに食いあって社会をほろぼしてしまう。

これをおさえるために法がある。

ここでいう欲望について注釈しておくと、食欲や性欲という生存に必要な欲望ではなく、見境いのない物欲というぎらついたものである。

むろん、近代は物欲に寛容な上に、それを法と道徳で飼いならして、社会の清潔なエネルギーにしている。ただ即物的にそれを叶《かな》えることを、法をあげて禁じている。即物主義というのは、アメリカのマフィアや日本のヤクザのようなあり方である。

古い時代ではこの種のあり方は小悪党の愛嬌としてときに美化され、演劇などになって社会がそれを包んでいた。

しかし現代では、その存在がけたはずれに巨大になり、健康な社会への滲透のしかたも巧妙で、形も、ときに棒より液体のようなものになっている。ひとたび皮膚に付着すれば、糜爛《びらん》性毒ガスのように、細胞毒となって命のシンまで侵すのである。

社会というのは、この種の細胞毒には紙細工のようにもろい。いうまでもないが、社会がくずれれば、日本など一望の荒野になる。

近代は諸分野の力が大きい。

近代法が、社会の強力な守り手になっているのは、当然なのである。東海道を二人のカゴかきが一人の人間をのせて歩いていた時代は、法もかぼそくてもよかった。JRや民間航空会社がひとびとを運ぶ世の中は、法律家でもおぼえきれないほどに、多くの法で鋲《びょう》打《う》ちされている。

法治国家としての日本は相当なレベルに達していて、冒頭でいった意味での〝自然〟という雑菌の部分はすくなくなっている。

言いかえると、法が国家にまでなっている。英語で古代以来、自然にそこにある国をネーションと言い、憲法を柱にして法で構築された国家はステイトとよばれる。いうまでもないが、法は、服従されることによってのみ成立する。

私どもはそういう国に住んでいる。明治二十二年、旧憲法の発布以来、百余年の法治国家によく馴れ、さらには国民がよく法に服すること、まずまず世界の範たるべきレベルにまでなった。

こういう国民の能力を、英語でガヴァナビリティ（統治される能力）というそうである。受身ながら、文明もよき社会も、この能力をもつ国民によってのみつくられる。

ただ、統治する側にまわる国民は、厄介にも選挙というものを経ねばならない。

子供の喧嘩でも、汚物を投げつければ勝つにきまっているのに、かれらでさえそれをやらない。が、選挙では、それをやる場合がある。選挙民の一部に対し、かれらの遠い先祖が持っていた汚物のような欲望をめざめさせてそれを刺激するという方法である。

このくだり、新潟県人には失礼ながら、田中角栄の越山会方式といっていい。

むかし、吉田茂は高知県から選出されたが、地元に即物的利益を還元したことがなかった。

高知県は日本でもめずらしいほど鉄道のすくない県だった。が、県民はそういう要求を吉田茂につきつけたことがなかった。明治の土佐自由民権運動以来の伝統で、ガラス張りの法治国家をよろこぶという美質があった。

世の中が、わるくなってきている。選挙のたびに、被選挙人たちは、選挙民の古《こ》アジア性を掘りだし、たがいに自然の欲望のダンゴになるようにしむけてきた。そのやり方をつづけるうち、被選挙人の形相《ぎょうそう》までかわってきて、世間をおびやかすような雑菌まみれの自然悪の顔がふえてきた。

これを救済するのは、法だけである。法は国会がつくる。代議士諸公は鏡の中でもしそういう自分の顔を見出した場合、腐敗防止法という法をつくって、大いそぎで自分自身を縛りあげて、国民よりまず自分から救いだしてもらいたい。英国では、早い時期にそのようにして、腐敗を根絶した。

被選挙人は、選挙のたびに、お願いします、を連呼している。

以上、わかりきったことを申しあげて、お願いします。

（一九九二〈平成四〉年十一月二日）

80
涙

わずか百三十二年前のはなしである。

万延元年（一八六〇）五月、幕臣の勝海舟が、咸臨《かんりん》丸渡米の任をはたし、老中《ろうじゅう》たちに報告すべく登城した。

「さて」

と、老中のひとりが、尊大に口をひらいた。

「アメリカというのは、どのような国じゃ」

老中とは、閣僚で、譜代大名から選ばれる。むろん、家柄で選ばれるために、歴代、有能な人がすくなかった。

この時期の海舟の心には、〝危険思想〟が宿りはじめていた。幕藩体制を越えた〝日本国〟という、当時では多分に架空の国家像である。

「はい、アメリカというのは、賢い人が上にいる国でございます」

居ならぶ老中たちは、みないやな顔をしたという。いわでものことだが、八年後に幕府は瓦解する。

海舟ばなしをつづける。

かれの友人に肥後熊本藩の儒者横井小楠《しょうなん》という人がいた。

小楠はよく耕された思考力をもっていた。かれは海舟に、アメリカ大統領の制度について質問した。海舟が、四年に一度、選挙によってえらばれる、というと、

「堯舜《ぎょうしゅん》の世ですな」

と、すばやい理解を示した。

儒教は、古代に理想をもとめる体系である。堯と舜という理想の古代帝王がいたとされる。

堯は天文暦数を究めるなど、天下に秩序をもたらした。まだ壮年というのに、子の丹朱には位をゆずらず、群臣に問い、賤しい身分の舜をえらんで帝王にした。

舜もよく働いた。かれもまた跡目を子にゆずらず、禹《う》をえらんで帝王にした。

幕府は、海舟の器量を用いきれなかった。

海舟はそのような不遇感もあって、摂津の神戸村（いまの神戸）の浜で海軍塾をひらき、諸方の士をあつめた。

塾頭が、土佐の坂本龍馬だった。龍馬は当初、ワシントン家が、たとえば徳川家のように世々世襲していると思い、

「ワシントン殿のご子孫はどうなされております」

と、きいた。海舟は、「子孫がどうしているか、アメリカ人の誰もが知らない」といったことから、龍馬は頓悟《とんご》した。

さらに問うた。アメリカ大統領というのは、平素何を懸念《けねん》しておられます。

「たとえば下働き女たちの給料のことを心配している」

と、海舟。こういう言い方は海舟の表現癖というべきもので、具体例を一つ挙げ、あとは象徴として相手に理解させる。

この一言が、龍馬の革命思想になった。後日、長州藩革命派の代表の桂小五郎（木戸孝允）にいった。

「日本の将軍は歴代一度たりともそんな心配をしたことがあるか」

咸臨丸で海舟とともに渡米した福沢諭吉は、明治初年（五年から九年まで）『学問のすゝめ』を書き、大いに読まれた。

そのなかで、福沢は国民と政府の定義を説いている。「人民は家元《いえもと》なり、また主人なり。政府は名代人《みょうだいにん》なり、また支配人なり」

福沢は、国じゅうの人民がみな政治をするわけにいかないからこそ「政府なるものを設けてこれに国政を任《まか》せ」る、ともいう。龍馬の頓悟は、おそらくそういうものであったろう。

要するに明治維新をうごかした思想の重要な因子は、数人の者たちがかすかに見聞した〝アメリカ〟だったといえる。

先日、日本にいる一アメリカ人が、大統領選でクリントン候補の圧勝のニュースをきいたとき、おもわず涙がこぼれたという話をきいた。

その人は、政治にほとんど無関心な人だが、このままではアメリカの前途はくらいと感じていた。

来るべきクリントンがどの程度の男かはべつとして、国民多数の期待によって、実力以上の存在になり、いまよりましな世がくることを、アメリカ人として知っているのである。

つまりは、制度が希望を生むようになっている。右の涙は、希望という制度がもたらしたものであり、そのように、ひとびとの希望を吸い寄せる制度のおもしろさは、海舟や小楠、龍馬、あるいは諭吉たちが理解し、感じたものとおなじだったにちがいない。

日本の選挙民は、みなかれらの子孫であることをわすれてはならない。

（一九九二〈平成四〉年十二月七日）

81　在りようを言えば (1)　ジッチョク

私が二十年来、ミセス・イムとよんできた任忠実さんは、色白で中高《なかだか》の顔をもった女性である。

声がハスキーで、彼女がせきこんで喋るときなど、いい音楽をきいているように心があかるくなる。

敗戦の前、彼女は上海の日本女学校に在学していた。

日本瓦解後、ソウルに帰ったが、日本語が懐かしくて、同窓でもある姉君と日本語を喋るのが、若い時期のたのしみだった。

結婚したあと、ソウルの梨花女子大に入学した。在学中に朝鮮戦争になり、釜山まで逃げ、以後、辛酸がつづいた。

「いまでも平壌《ピョンヤン》放送をきくと、北朝鮮兵士のズーズー弁を思いだして、ぞっとします」

朝鮮戦争がおわると、夫君が事業に失敗し、旅行社に働きに出た。

その後、未亡人になった。

いまは、アメリカで〝老後〟を送っている。

彼女はときどき日本にきては、団体さんにまじって旅行をする。

そういう彼女の旅行の日程の終わりと、私どもが成田から旅立つ日とがかさなって、空港ホテルで落ちあった。

「――この人たち」

と、彼女は三十代の日本人夫妻に紹介してくれた。

「いいでしょう？　すばらしい人たちでしょう？」

と、その夫妻について、手放しでほめた。が、私にはどこにもいる私ども日本人の仲間のようにみえた。

夫君の内山さんは無口で、ひかえめで、問われたことしか喋らず、家庭では棚《たな》を吊ったり、水道のパッキングをつけかえることの上手そうな、いわば実直で骨惜しみをせず、自分の等身だけで誠実に生きている人のようにおもわれた。

話をうかがうと、千葉県の会社に勤め、夫人も仕事をもっている。夫人のほうも、大柄な身長のわりには、決して出すぎた態度を示さない。

ミセス・イムは、私のわからなさをもどかしがった。

「内山さんは、むかしならたくさんいた、よき日本人なのです。女学校の先生にもいたし、町の郵便局にもいて」

といったとき、私はやっとわかった。私の中学校の先生のなかにもいたし、近所のおじさんにもいたし、私自身の父親もそうだったかもしれない。

ミセス・イムは、内山さんのなかに、少女期にみたよき日本人の原型のようなものをみつけて、五、六年来、交友をつづけている。

ミセス・イムの話から、英男翁のことを、思いだした。

このひとは少壮のころ、事業で浮沈しつつも、賀川豊彦の貧民救済運動に参加したりして、半生いかにして善をなすべきかを考えつづけた。

明治三十八年（一九〇五）、岩手県の釜石の没落商家にうまれた。土地の高等小学校を出て、岩手銀行釜石支店に少年社員（書記補）として入った。大正九年（一九二〇）のことである。

そのころ、その銀行では十万円貯《た》まると、十円札にして遠野《とおの》の銀行に運んだのだそうである。

運搬は、十五の少年ひとりの仕事だった。唐草《からくさ》模様の一反《いったん》ぶろしきに札束の包んだものを背負ってゆく。山を越え、はるかに遠野の支店まで徒歩で運んでゆくのである。途中、仙人峠という難所を越えてゆくのだが、出あうひとびとはみな親切で、茶をふるまってくれたり、声をかけてくれたりした。自分たちが汗水流して貯めたお金をこの少年《わらし》が運んでくれるのである。

「泥棒？　そんなものは出やしませんよ。そのころはどんな家でも、戸締まりなどせずに寝ていた時代ですから」

英男さんはことし八十七歳である。

この人もさることながら、それ以上に、釜石から遠野までに出会うひとびとは、小泉八雲の作品のなかに住む明治の日本人たちがまだ生きていたことをおもわせる。

昭和になって、軍人や右翼的風潮が、日本を業火《ごうか》のなかにたたきこんだ。

その結果、アジアにおける日本像まで変えてしまったが、しかし、日本が大崩壊から秩序をとりもどしたのは、先祖からひきついできた実直さのおかげだったことは、まぎれもない。

ジッチョクというのは、英語にも訳しにくいことばにちがいない。誠実という言葉ほどには劇的でなく、正直という言葉ほどには倫理的輪郭がくっきりしない。しかし、それよりも、実直のほうが持続的常態性がある。

いま世界に映っている日本人についての平均的印象は、やはり古来の実直という像ではないかと思える。日本人もその国家も、このむかしからのシンを充実したり、すこしは華麗に表現してゆく以外に、道がないのではないか。

人も民族も、遺伝子から離れられないとすればである。


（一九九三〈平成五〉年一月四日）

82 在りようを言えば ⑵ 物指し

実直についてつづける。

この徳目とも性格とも性分《しょうぶん》ともつかぬものが、日本人の平均的特徴であることはのべた。とくに歴史的にみて、そうである。

日本の国家像にしても、かわらない。（ただし軍閥が支配した昭和のはじめの十五年という、戦争狂の時代はさしおく。あの時代は、常態的日本史にとって〝鬼胎〟ともいうべき時代で、なぜ〝鬼胎〟だったかについては、べつの場所でのべた）

たとえば、近代化へ出発した明治維新（一八六八年）には、日本が手に持っていた外貨はゼロだった。その上、旧幕府の対外債務まで背負ってもいたし、外貨を稼げるものといえば、生糸《きいと》ぐらいで、しかも外国には頼れなかった。頼れば植民地にされてしまう時代だった。

そんな貧しいなかから、外債を返済しつづけたし、また祖国防衛戦争ともいうべき日露戦争での外債も、その後、窮乏のなかから返した。

実直というのは、無用の金を他から借りないことでもある。たとえ借りても、その間、虎と同穴しているようにおびえ、暮らしを切りつめるという小心さと表裏している。

が、世界はさまざまである。

アジアには、さんざん他国から輸入をして代金を支払わない国もある。そのことが当該責任者の功績にもなっていた。決済上の信用をなくせば国際的に相手にされなくなり、亡国につながるのに、支払わないことが〝愛国〟だったのである。

「あの借金は、じつは支払えません」

と、わざわざ大統領が、外国特派員たちをよんで発表する国も、南半球にあった。世界はまことに同質ではない。

アジアでは、ときに国家の外交行為でも、〝パガジ〟がおこなわれる場合もある。

〝パガジ〟とは、朝鮮語である。ヒョウタンの一種で、乾燥させて米や豆を容れる容器になったり、ヒシャクとしてつかわれたりする。仮面劇のお面も、パガジでつくられる。転じて別の意味にもなる。毛ほどの損害を電柱ほどに誇張して、「一億円出せ」という場合にもつかわれるのである。意味は、吹っかける。実直とは、正反対の意味といっていい。

(あの外交は、パガジだな)

テレビの視聴者として、感無量の思いで見ていた外交交渉があった。

幸いにも、テレビの画面のなかの日本側の代表者は、ひたすらに〝実直〟を通した。そんな場合、ふつう実直な側は、芝居の白浪《しらなみ》物の弁天小僧の場面のおどされる側のお店《たな》の手代じみていて、みじめなものである。

が、この場合の日本側の外務省の代表者は、実直という古風な実質のなかに、勇気と正義感と公正な法感覚を加えて、まことに〝毅然たる実直〟をつらぬきとおした。

(実直もまた、普遍的になりうるではないか)

と、私はあざやかな思いをもった。さらには、ここで実直が敗ければ、今後の日本の対アジア協調外交の全体が鈍《なま》ってしまうのではないかとおもい、その会談の継続と進行をみていた。

ありがたいことに、日本側が実直を通したために、パガジ側とは幸運な物別れにおわった。

そのときの日本側代表の顔と名は、私には記憶があった。

二十余年前に一度だけ訪ねて来られた人で、その後、たがいに音信がない。

当時、たしか南アジアの日本大使館の一等書記官をつとめておられた。たまたま帰国されたとき、思いあまったような表情で、〃日本は大丈夫でしょうか〃といわれた。当時、毛沢東思想ばりの学生騒動が全国にひろがっていて、それらのニュースを外国で読んでいると、おそらく〃日本沈没〃といった危機感を感じさせるものがあったのに相違ない。

その人は、自分のような人間が、晏然《あんぜん》と宮仕えしているより、なにかなすべきことがあるのではないか、といった。官をやめるという。

このひとは、土佐にしかない姓と、その風土の人らしい気骨をもっていた。

幕末、土佐人の多くが風雲の中に身をすてたが、ほとんどが実直なひとびとだった。その願望は、功名よりも死処を得たい、ということで共通していた。私の訪問客は、そういう風土からいきなり出てきたような骨柄《こつがら》をおもわせた。

当時、その人は、おそらく私の不得要領な応対に失望してそのまま任地にもどったのだが、テレビで見るそのころの紅顔はすでに老い、頭髪には白い風霜がつもっていた。

テレビを見つつ、実直もまた対外的な基準になりうるということを、当時とは逆に、私に教えてくれた。

この外交は、今後のアジアの協調外交に、一つの基準の種子《たね》をまいたといえるのではないか。

（一九九三〈平成五〉年一月五日）

83　在りようを言えば (3)　実と虚

実直が、日本国および日本人の文化的な遺伝子だということをのべてきた。むろん手ばなしでいっているつもりはない。国も人々も、その固有なるものから離れにくいという苦《にが》さを感じながらのことである。

今回は、実直のマイナス面にふれる。

むろん、実直といっても、一国を平均的にみてそうだというだけで、そうでない虚喝《きょかつ》の人も多くいる。虚喝という言葉は、幕末のころの流行語だった。カラオドシということである。

こんにち、世間が複雑になっているから、虚喝で世を渡る職業的な生き方まで存在する。虚喝でめしが食えるというのは、実直の人口が圧倒的に多いからでもある。

『孟子』ふうの古風な論法でいうと、もしここに虚喝の国があって、ひとびとがたがいに虚喝しあって暮らしているとすれば、食糧や商品をつくる人達がいなくなり、国じゅうが食えなくなる。だから、そんな国はこの世にない。

実直の人口が多ければこそ、安んじて虚喝の渡世ができる。となると、虚喝は、社会的にいえば実直の裏返しの事象といっていい。

実直は自然の性分《しょうぶん》であって、倫理用語ではないということは、さきにのべた。

たとえば、実直は不格好な鉱石にすぎない。が、冶金的に精錬されると、かがやかしい金《きん》が採《と》れる。倫理は、金にあたる。

実直という自然の性分から、もし誠実や英知という金を採ろうとすれば、大変な手続きと精力が要る。

実直の民から誠実という金をとりだすしごとは、職業でいえば、教育者や政治家や宗教家という、三つの聖職のうけもちになる。滑稽なことだが、この三つの職業は、人によってはしばしば虚喝におち入りやすい。

いっそ、自分の冶金は自分自身でやるのがいちばんいい。

もしこれを怠れば、実直はしばしば単にお人好しになる。

むろん虚喝漢の食いものにもなる。たとえば黒澤明の「七人の侍」の前半の農民たちのようにである。

江戸時代、日本の都市的なしごとは、農村からきた次男坊以下によってささえられた。そのころ、田地を相続できないかれらは、江戸や大坂の商家に奉公して商売を身につけるか、大工左官、屋根ふき、金属細工、船具づくり、鍛冶、鋳物、織物、陶磁焼きなどの職仕事の徒弟に入り、〝手に職〟をつけて、商品生産をになった。

「職人は金を貯めるな、宵越しの金はもつな」

と、とくに江戸の大工や左官の親方は、弟子たちにいった。いい腕をもてば金は自然についてくる、ということを教えたのである。

明治の近代化が、江戸時代の右のような商品経済の充実の上に成立したことは、いうまでもない。

明治になると、そこそこの富農の家では、長男は師範学校か農学校にやり、次男坊以下には、財産わけのかわりに高学歴を身につけさせた。

そうでない場合、次男坊以下は、小学校を出て軍隊に入ると、しばしば志願して下士官になった。下級の職業軍人である。

昭和初年までの平和な時代、下士官の最高位である准尉が三十二、三で退職すると、退職金で二、三枚の田地が買え、都市ならタバコ屋の老舗《しにせ》が買えた。陸海軍が、そのように配慮していたのである。

話がすこし外《そ》れるが、戦前、そういう実直社会を——社会が実直であることをいいことにして——自在に動かそうとした虚喝グループが、昭和軍閥だったといえる。あまりにも実直社会だったればこその他愛なさだった。「まるで、羊だったですね。欧米人なら、あんな時期、だまってはいませんよ」とアメリカの学者にいわれたことがある。

なにぶん、実直者たちは、具体的思考にあっては精密だが、具体性からすこし離れて形而上的に考えることが不得意なのである。

このために、実直国家は、しばしば虚喝集団に大きく足をすくわれる。土地神話や証券神話に踊らされたのも、実直者たちは〝実〟には賢くても、〝虚〟には疎《うと》かったためである。

ついでながら、ここでいう形而上とか、〝虚〟とは、客観的に世界を把握するという思考法と解されたい。

今回は、理屈っぽすぎた。

その上、紙数の都合から、説明不足にもなった。意のあるところを汲まれたい。

（一九九三〈平成五〉年一月六日）

84 在りようを言えば (4) 十円で買える文明

戦国末期にきたポルトガルの宣教師の編んだ『日葡《にっぽ》辞書』に、すでに「名代《みょうだい》」という言葉が出ている。意味は〝自分の代りに、他のひとを代理に立たせること〟で、むろん主人は自分である。

福沢諭吉が、明治初年、『学問のすゝめ』のなかで、このことばをつかい、政府というのは国民の名代である、と規定した。

それまでの幕府がお上《かみ》だったことをおもうと、天地がさかさになった。

にわかに親方になれるはずがないから、いそぎそれを身につけよ、というのが、『学問のすゝめ』の趣旨であった。

結局は、明治初期政府は庶民の能力を信ぜず、当座は〝お上《かみ》〟として君臨するようになった。

明治二十二年の憲法発布後、十数年経った日露戦争中、ロシアのウラジオストックの艦隊が日本海の交通を潰滅すべく出没した。これを、上村彦之丞《かみむらひこのじょう》の第二艦隊が追うのだが、濃霧にさまたげられて、つねにとりのがした。これを議員たちがはげしく追及し、
「海軍は濃霧濃霧と弁解するが、反対によんで無能というだけのことではないか」
と叱咤《しった》し、軍は小さくなっていた。すでに国民が政府のオーナーであるという姿勢がうかがえる。

明治は、成熟したのである。

昭和の不幸は、政党・議会の堕落腐敗からはじまったといっていい。軍閥という魔性《ましょう》の誕生は、そのことと無縁ではない。

それでも、三権のうち行政府(政府)は、辛うじて堅牢だった。かれらは、軍に与《くみ》せず、健全財政を守るべく懸命に努力した。

そのあと、健全財政の守り手たちはつぎつぎに右翼テロによって狙撃された。昭和五年には浜口雄幸《はまぐちおさち》首相、同七年には犬養毅《いぬかいつよし》首相、同十一年には大蔵大臣高橋是清《たかはしこれきよ》が殺された。とくに命を賭して健全な財政を守ろうとした高橋の愛国的姿勢に明治人の気骨の象徴がうかがわれた。

あとは、軍閥という虚喝集団が支配する世になり、日本は亡国への坂をころがる。

すでにふれたが、

「シープ」

という英語の音が、その人の口から出たとき、通訳にも私にも、唐突すぎてわからなかった。

やがて羊のことだと気づいた。昭和初年から十年代の日本人は羊としかみえない、という。

そういったのは、アルヴィン・D・クックスという一九二四年うまれのアメリカでの日本研究者である。日本軍事史の権威であり、昭和十四年のノモンハン事変についての精密な著作『ノモンハン』上下もある。日本への愛も、浅からずある。

実直は、わるくすると、羊になる。群がって草を食《は》んでいればいい、というだけでは、政府の主人であることをわすれた姿といっていい。

年末、政界腐敗のニュースが、世間を暗くした。

そのことについての解説や論評が多く出たが、作家の石川好《よしみ》氏の意見(『朝日新聞』掲載)の文章が、さすがに若いころカリフォルニアの農場で四年間も肉体労働した人だけに、思考が筋肉質である。意訳すると、

「政界の大物が、運送会社の社長から五億円をもらった。この不祥事は、主人である国民の責任である。国民が十円ずつ出して国民の名で五億円を運送会社に返そう」

というのである。

一見、奇抜ながら、国民という主人の立場をこれほど明快に切りとった文章はない。子の不始末を親がつぐなう。むろん議員の法的責任とはべつである。

もしここまで国民の責任の透明度が高くなれば、江戸期に発して江戸期の臍《へそ》の痕跡をのこしている実直も、立憲百余年をへてようやく文明としての輝きを帯びるのではないか。

わずか十円で購《あがな》える文明である。

もっとも、道ゆく人が、

「よしきた」

と、すぐさま十円を出してくれる世はまだまだに相違なく、おそらくはいちいち千万言を費やさせねばなるまい。

あと一歩で、十円の文明がやってくるような気もするのだが。

（一九九三〈平成五〉年一月八日）

85　在りようを言えば (5)　山椒魚

くりかえす。

わが国もわが国民も、概していえば実直であることについてのべてきた。実直には多少とも倫理的成分をふくんでいて、その意味において誇るべく尊ぶべきだということも。

ただ、実直の弱味はときに虚喝にしてやられることである。そのことについても、昭和前期の軍部の例をあげてふれた。

「お前さんは、実直だねえ」

と、大家《おおや》さんがいう。

「よく働いて、借金はきちんと返して。嫁でも世話しようか」

いわれても、とくにうれしくはない。実直は日本人にとってあたり前のことだからである。

できれば、すこしはウチワであおいでもらいたい。

「熊さん、町内じゃ、みなお前さんを男伊達だといってるよ、こないだ、隣りの町内の火事場にかけこんで、五人もたすけ出したというじゃないか」

熊さんははじめて笑う。

日本がカンボジアで展開しはじめているPKO（平和維持活動）などは、火事場の熊さんだろう。

もっとも日本がPKOに参加するには、国内で大反対があった。

「この町内には古くから申しあわせがあって、隣りの町内がどうなろうとも、火事装束で鳶口《とびぐち》かかえて行っちゃいけないんだよ。遠くからぽかんと見てろ。なにぶん半世紀前に、この町内が火つけと火事泥をやった前歴は、世間が知っている。この世でなにが大切かは知っているかね、いいかね、平和なんだよ、平和」

一種類だけの論拠に、高貴な理念をくっつけて、ブローチのデザインでもするように空論をたてるのは、明治や大正時代にはなかった。昭和になってはじまった。

昭和初年、満蒙は生命線である、という解析無用のような言い方があった。そのことばに〝東洋平和のため〟がくっつく。

昭和十年代になると、満蒙が大東亜共栄圏になった。それにも〝東洋平和のため〟ということばの貴金属がつく。

敗戦後もあらたまらなかった。

昭和二十年代には、二年間ほど〝全面講和運動〟という平和論がさかんになり、当時の革新勢力から中間層までまきこんでの大さわぎになった。

敗戦国である日本と旧連合国とが講和条約をむすぶのにさいし、アメリカがソ連とその版図の国、あるいは新中国など七ヵ国をのぞいた四十八ヵ国でおこなおうとしたのである。

これに対し、おそらくソ連の対日工作によるものだろうが、ソ連をはじめとする七ヵ国もふくめて〝全面講和〟にせよ、という運動が砂塵を巻きあげるようにしておこった。〝全面講和運動〟だった。現実からみれば、空論にすぎなかった。

結局は昭和二十六年（一九五一）九月、アメリカの世界構想という現実を吉田茂首相が受けいれ、サンフランシスコ講和条約を結んだ。

あの時期ほど、反米が叫ばれたことはない。反米の同義語が平和だった。

同時に平和が念仏になったのも、あのころからであった。いわば風土化された。

あのころ、井伏鱒二の名作『山椒魚《さんしょううお》』と、日本的心理を思いあわせたことがある。

山椒魚は悲しんだ。

彼は彼の棲家である岩屋から外へ出てみようとしたのであるが、頭が出口につかえて外に出ることができなかったのである。

これが、井伏さんの冒頭の文章である。山椒魚は岩屋のなかでなが年棲《す》むうち、体が大きくなってしまい、外に出られなくなった。この場合、岩屋は、日本人の鎖国心理であるに相違ない。

鎖国心理は、いまもつづいている。なにしろ明治後も、日本は世界の舞台で責任のあるしごとをやったことがないどころか、できれば岩屋のなかでひっこんでいたいと無意識下で念じつづけている。

消費税反対さわぎのときも、そう思った。あのとき、政府があっさりと、

「日本は世界のためにカネがふんだんに要る国になった。みんなで負担しよう」

と、説明すればよかったのに、国民の内ごもりの〝岩屋心理〟をおそれてか、そうはいわず、あるいは言っても、当時の熱気はうけつけなかった。

明治維新（一八六八年）後、百二十五回目の新春をむかえた。お互い、そろそろ岩屋か

ら這《は》い出てはどうだろう。英語が喋れなくても、山椒魚語でしゃべればいいんです。

（一九九三〈平成五〉年一月九日）

86　台湾で考えたこと(1)　公と私

いま台北《タイペイ》にいる。

私は中学生のころから正月がきらいで、いつもどこかにいた。同窓の陳舜臣氏が、台北で正月をすごすのがいいのではないか、といってくれたおかげで、いまそこにいる。忠孝東路の宿の十一階から、車であふれる市街をみている。

土地の人に、「旅が好きだときいているが、なぜ台湾だけ来なかったのか」ときかれた。「ひとつは、自分の文化とかけ離れていなくて、めずらしい所ではなかったから。もうひとつは、トシをとって親類が恋しくなった」というと、大笑いされた。

なにしろ外貨準備高が世界一という土地なのである。街をゆく若い女性や中年婦人の服装がさりげなく贅沢で、思わずわが女房の質素な旅行着をふりかえったほどだった。

台湾資本の百貨店は上等な商品であふれている。家庭用電気器具のフロアーをみると、日本製、ドイツ製、フランス製の商品が、それぞれ機能の工夫を競いあっていた。イタリアにいたっては、中華料理用の大きな包丁までつくって売っているのである。

ただ美国（アメリカ）製がすくないのをみて、アメリカ経済が、こういうこまごまとした商品の開発努力を怠っていることを、台湾という、世界の商品が自由に入る市場にきて、あらためて思い知らされた。

夜、産経の吉田信行特派員と、歩道を歩いた。『産経新聞』は『日本工業新聞』とともに日本ではただ二社だけここに支局を置いている。

歩道に段差が多く、あやうく転びそうになった。歩道は公道なのだが、どの商店も、自分の店の前だけは適当に高くしている。高さに高低がある。

「〝私〟がのさばっていますな」

と、冗談をいった。中国文明は偉大だが、古来、〝私〟の文化でありつづけてきた。皇帝も〝私〟であれば大官も〝私〟だったし、庶民もむろんそうだった。〝私〟を壮麗な倫理体系にしたのが、儒教であった。孝を最高の倫理とするのはみごとだが、孝は身の安全と家族の平穏ということのみの願望になりやすい。

近代中国の父といわれる孫文は、このことをなげいた。色紙をたのまれると、「天下為公」（天下をもって公となす）と書いた。また、その著『三民主義』の冒頭にも、〝中国人は砂だ、にぎってもかたまらない〟といった。〝公〟という粘土質に欠けているということをなげいたのである。

中国の強みは、近代以前において商品生産がさかんだったことで、それも紀元前からだった。この点、商品生産の乏しかった帝政ロシアとくらべものにならない。現在のロシアの不幸は、この点にある。

台北の百貨店を案内してくださった吉田夫人が、

「除潮棒」

という電気製品を買われた。潮は湿気という意味である。この竿《さお》のような道具がどういう仕掛けで除湿するのか知らないが、台湾人の発明であるらしい。台北は湿気がつよい。吉田夫人の話では洋服ダンスのネクタイがカビるという。

歩道を歩きながら、私は吉田氏に、

「倫理という自制的タガのない資本主義は大変ですね。資本主義というのは、めいめいの力の誇示ですから、ハートのない巨人群のつかみあいになりますしね。政治家や役人を抱きこんで、ついには国家も社会も自滅しかねない」

と、つい多弁になった。

資本主義は、自律・自制・自浄がないと保《も》たない。

孫文も、そのことを憂えていた。

かれの〝天下為公〟は、マックス・ウェーバーの『プロテスタンティズムの倫理と資本主義の精神』を四つの文字に簡約したようなものである。

かれは、中国の近代化を志すにあたって中国人の〝私〟についてときに恐怖し、ときに絶望していた。

官吏が私腹を肥やすことは清《シン》末までの諸王朝では当然、もしくはそれが在り方だったし、また歴世の庶民にとって王朝は〝飢えた虎〟といわれたように、本質として〝私〟だった。蔣介石氏が英雄であったことはいうまでもないにせよ、その〝王朝〟が伝統的な〝私〟であったことはまぎれもない。

しかし台湾ほどに資本主義が発達すれば、生物の本能のように〝公〟がめばえてくる。五年前、無欲でおよそ権力に似つかわしくなく、しかも蔣氏とともに大陸からきた人でない本島人（本省人）の李登輝さんが元首（総統）にえらばれたのは、〝公〟の意識の芽ばえであるかとおもえる。

（一九九三〈平成五〉年一月十三日）

87　台湾で考えたこと(2)　権力

まだ台北での私の〝正月休み〟がつづいている。

陳舜臣氏の誘いでここまできたことはすでにのべた。

学校の同窓ということを越えて、この人と同席していると、毛穴を開けっぱなしにしているような安らぎがある。

台湾そのものが、そうだといえる。たとえばソウルなら、私のようなノンキ者でさえ、〝概念としての日本人〟としての緊張を覚えざるをえないが、台湾にはそれがない。人間を〝概念〟で見ない。古いことばでいえば襟度《きんど》の寛《ひろ》やかさを感じさせるということである。

「李登輝（総統）さんも、昭和十八年の学徒出陣組の一人だった」

と、陳さんがいう。私と陸軍が同期ということになる。

ただし李登輝さんは生粋のタイワニーズ（台湾うまれ）である。旧制台北高から旧制京大にすすみ、農業経済を専攻し、戦後、渡米して、統計学で学位をえた。

蔣氏の二代（介石総統、経国総統）の時代、官吏になり、官選の台北市長をつとめたり、副総統に任ぜられたりした。

第二代経国氏のえらさは、古代以来の中国的な〝私〟をみずから絶ったことである。「私のあと蔣家の者が総統になることはない」と表明し、やがて自分の死後は副総統を昇格させよ、といい、その点にかぎっていえば、近代国家らしい〝公〟の精神を、鮮明にした。

台湾の近代は、この一言からはじまったといっていい。その結果としての李登輝氏である。

台湾のテレビは、ドラマでも演説でも、字幕が出る。初老の人達までは普通語（北京語）ができるとはいえ、方言がまだナマでつかわれている。大陸系、福建語系、広東語系、客家語系などがこの島に混在しているために、〝ただ一種類のタイワニーズ〟が形成される近未来までは、この字幕の習慣はつづくにちがいない。

私の台北滞在中、李登輝さんの施政演説がテレビで実況放送された。字幕のおかげで、大意を知ることができた。

「過去より未来を見よう」

という意味のことばがあった。過去とは日本における戦後、国民党が台湾を支配した時代の弾圧の記憶のことである。年配の台湾人なら兄弟親族のたれかが、ときに十人以上も、投獄されたり死刑になったりして、そのことが、〝運命共同体〟成立に影をおとしつづけている。李登輝氏も生粋の本島人であり、そのころの恐怖を共有した。

台湾人は日本人と同様、小柄な人が多いが、李登輝さんは長身で、風貌もますらおめいている。

陳舜臣氏にとって、旧友でもある。おかげで夜八時、お茶を招《よ》ばれた。

李登輝氏はよく語った。

「退隠したら、自分にとって新しい学問をやりたい」

分子生物学と哲学だという。

「権力」

についての話も出た。

私は人間にとって、〝権力〟がセックスとともに、ついに科学によって解析できない最後のものだろう、といった。まことに権力はバケモノであり、麻薬である。

「そうかもしれないが、私の場合はちがう。私は権力を、科学的に、あるいはプラグマティズム（実際主義）として、さらには合理主義的な方法で解明でき、運用できるものだと思っている」

と、おそらくアジア史上の元首として最初のことをいった。じつに新鮮だった。

このシャイな知識人でこそ言えることばである。

「私の魂には、ピュアな(純粋な)〝日本人〟の精神があります」

誤解してはいけない。〝ピュアな日本人〟など日本のどこにもいない。日本時代の台湾で初等、中等、高等教育をうけたとき、日本でもありえないほどの知的武士としての教育をうけとったという意味なのである。

「長じて日本にも別な面があることを知りましたが、いったん受けた教育はなおらない」

李登輝さんは、クリスチャンでもある。

私は、明治人をおもった。とくに武士の世がおわったあと、もっとも武士的な人がプロテスタントになったことをおもった。たとえば新渡戸稲造や内村鑑三の印象とかさねてみたりした。

ともかくも、現実の李登輝さんは、〝大統領〟というイメージよりも、もっとも豊潤な意味での永遠の書生という印象のほうがつよい。

「台湾を、アジアの金融と技術のセンターにしたい。むろん、それはアジアの役に立つための存在としてです」

この人は私が日本人であるという当然のことにはっと気づいたらしく、輝くような笑顔

で、

「日本は世界の面倒をみるでしょう。台湾はアジアをうけもちます」

イデオロギーの時代は、たしかにおわった。


（一九九三〈平成五〉年一月十四日）

88　一貫さん

一貫さん（仮名）は、近所の友である。

近所の小さな駅前で、いつも客待ちをしている。欲のないドライヴァーで、沖泳ぎをしない磯魚《いそざかな》に似ていなくもない。

タクシーの仕事仲間がひどい肩凝りを訴えると、非番の日、家までつれてきて、整体法を施してやる。柔道三段だから、よくきく。礼はとらず、それどころか、ついでに金まで借りて、返さないのもいる。

「人間以外のひとかな」

そんなことを言いながら、もう七、八年も一貫さんの厄介になっている人が何人もいる。

高知からときどきやってくる八十あまりの婦人もそうで、空港の出迎えから送りまで無料でしてもらう。あとは一貫さんに整体をしてもらい、しかもお礼をうけとってもらえない。

四十をすぎて独身である。

昼と夜は、ときどき駅前の一膳めしやに行って、食事をとる。

老婦人は、そのめしやのおかみさんの母親で、それだけの縁なのである。

一貫さんは、遠い南の島でうまれた。

当時、島に高校がなく、就学する者は隣りの島にわたった。一貫さんは、島の中学を首席で出て、隣りの島の高校に入った。

隣りの島へゆくのは、明治の若者がフランス留学するほどに知的で晴れがましかった。が、入学してほどなく父親がなくなったために、中退した。

そのことがこの人の唯一の無念で、いまでも、どの高校であれ、校庭で競技をしている生徒たちをみるのが、大好きである。悔しさと、生徒たちの幸福をよろこぶ気持で、胸がせまってしまうらしい。

大阪にきて、商店の小僧をしながら定時制高校を出、自衛隊に入った。

抜群の運動神経のもちぬしだし、銃剣術も三段だったから、幹部を志願せよとすすめられた。が、世の中にはもっとおもしろいことがあるにちがいないとおもって、やめた。

一貫さんは、読書家である。

それに耳できく言語理解力もすぐれているが、極端な訥弁《とつべん》だから、人交わりがしにくい。会社員や商人になることは、むりである。

感情の量が人の倍ほどもある。

それも、厄介なことに感情の種類が他者への憐れみという一種類だけだから、損得稼業ができない。

第一、妻子がもてない。

妻子をもつと想像しただけで憐れみがあふれ、耐えられなくなってしまうらしい。だから、いまだに独身でいる。

島にいる母堂も、似たような人のようである。

聖者同士となると、われわれ俗間の者にはうかがえぬ、口喧嘩が絶えぬものらしく、たまに帰ると、母堂は一貫さんを追っかけまわしてどなるのだという。それも、ただ一種類のことをいう。

「いつまでも家を成《な》さんと、のらくらしおって」

母堂は隣りの島の女学校を出た人だから、きれいな標準語をつかう。私の家内が電話を

もらったときも、息子への不満を、

「……神父さんみたいで」

と、絶妙なたとえでいわれた。


「一生で、行きたいところがある」

と、一貫さんは家内に例の訥弁でいったことがある。あとはだまっている。

「パリ？」

と、家内はたまりかねてきいた。

「うんにゃ」

一問一答のあげくでなければ、一貫さんの話は、出来のわるいあぶりだしの絵みたいになかなか出て来ない。

結局、行きたい所は、自分がうまれた島の、それも生家の裏山の谷であることがわかった。

島では、いまは家庭の燃料にプロパンガスを使っている。しかし一貫さんの中学生時代までの燃料は薪《たきぎ》で、薪とりは子供のしごとだった。

木の芽どきの日曜日、言いつけられて山へゆき、いくつかの谷でしごとをし、ある谷にさしかかったとき、そこだけに光がいっぱい射していて、赤、黄、青のきれいな小鳥が無数に群れ、音楽をきいているようだったという。

「あの日のあんなきれいな鳥、島でもみたことがない」

と、家内につぶやいた。

去年、島に帰ったとき、一貫さんはもう一度裏山にのぼってみようとおもったが、プロパンガス以来、人間が入らなくなって、小道も消え、のぼれなかったという。

こどもの一貫さんは、天国を見たのではないか。

かねがね、私はこの人について、天国からまぎれこんできたのだろうと疑ってきたのだが、この一件をきき、当人がどう抗弁するにせよ、本当だとおもっておくことにしている。

（一九九三〈平成五〉年二月二日）

89 独創

明治人はえらかったという話である。

明治は、西洋文明を受容した。世界史上、植民地になることなく、自前で他文明を摂取した国は、〝明治国家〟しかない。

明治初年からほぼ三十余年、日本では大学は東京に一つしかなかった。帝国大学とよばれた。

学問のすべての分野において、外国人教師をやとった。世界でもまれなほどの高給だった。

あわせて、日本人を先進諸国に留学させ、かれらが帰国すると、外国人と交代させた。同時に、英語のカレッジに相当する専修と実務の学校を各地につくり、東大が受容した学問を、川下《かわしも》に流すように分配した。

この受容と分配のシステムは、じつにうまく行った。しかし、反面、

「猿マネの国」

とか、

「横文字をタテ文字にするだけの学問」

などという自嘲や批判も出た。

三、四十年経って二番目の総合大学として京都帝大が創設されたときは、マネよりも独創の場をつくろうとした。
日露戦争という大患をはさんで、国の財政は疲弊していた。しかし、建設はすすめられた。明治三十年（一八九七）にはじまり、大正二年（一九一三）にようやく完成した。


文部省から創設を命ぜられたひとりが、初代の文科大学（文学部）の学長、狩野亨吉《かのうこうきち》（一八六五〜一九四二）だった。かれは、

「日本人に独創性があるか」

というゆゆしい疑問をみずからに問うた。

それをしらべるために、前時代（江戸時代）の古本を片っぱしから買って読んだ。

むろん自費であった。この負担のためもあって、生涯妻子をもたなかった。

狩野は秋田藩士の出で、明治の初期、東京帝大の理科大学で数学を専攻し、文科大学で

哲学を学んだ。

京大創設の前は一高校長だった。

「もし日本人に独創性がなければ、あらたに大学などを興してもむだだ」

と、思いつめていた。


あつめた本のほとんどは、筆写本であった。

いわばゴミの山のような古本のなかから、安藤昌益《しょうえき》（一七〇三?〜六二）を発見した。陸奥《むつ》の八戸《はちのへ》の町医で、『自然真営道《しんえいどう》』をあらわした人物である。

昌益は、一切の世の階層・職業はウソ・マヤカシであることを論証し、徹底した平等思想を説いた。カール・マルクスに似て、それよりも百年前の人である。あるいは、中世の権威を哲学的にこきおろした『愚神礼讃』のエラスムスに似ていなくもない。

本多利明《としあき》（一七四三〜一八二〇）も、狩野によって発見された。

本多は、数学・天文学などの素養を基礎に重商主義を説き、農民の負担をへらして国を富ませる方策を展開した。アダム・スミスの『国富論《こくふろん》』とほぼ同時代であった。

ほかにも幾人かの独創家を発見し、狩野はやっと安堵した。

生きた人間としては、内藤湖南（虎次郎・一八六六〜一九三四）を発見した。それだけでなく、新設の京都大学の中国学の教授としてまねこうとした。

文部省はつよい難色を示した。巷説《こうせつ》だが、係官は、内藤が秋田師範学校しか出ていないことを指摘し、

「たとえ孔子様や孟子様であっても、わが国の帝大は、帝大を出ていなければ、教授にはできません」

といったという。

交渉の困難さは、狩野を厭世的にし、辞職まで決意させた。

結局、内藤を一時期、講師にし、あとで教授にすることで、文部省は承知した。

湖南の学風は、自然科学にかぎりなく近い明晰さをもつもので、従来の漢学から断絶したものであった。独創をうたう新大学にとって、これ以上適した存在はいなかったろう。

理・工学部も、同様の方針で建設された。戦後、この大学から多くのノーベル賞学者が出た。湯川秀樹、朝永振一郎、福井謙一、利根川進。

いわば最初からそのようにつくられていたのである。

天下は春である。

日本の近代という春の時代をしのび、諸大学の運営者や、あらたに学生になるひとたちに、以上のことを参考までに。

（一九九三〈平成五〉年三月一日）

90　蟠桃賞

坂本龍馬は、若いころ、平井収二郎という先輩の郷士の妹加尾《かお》さんに簡潔な恋文を書いた。

兄の収二郎は、にがりきって、

「龍馬は、学問がないキニ」

と、妹にいった。江戸時代でいう学問とは、いまの学問の意味ではない。道学《どうがく》（朱子学）のことだった。だから収二郎のいう意味は、〝龍馬の思考法は朱子学的ルールどおりではないから捕捉《ほそく》しがたい。だから相手にするな〟と解していい。

話が、かわる。

前回で、慶応二年（一八六六）、秋田県の毛馬内《けまない》にうまれた内藤湖南という学問の天才についてふれた。

また、明治人狩野亨吉《かのうこうきち》が江戸時代の独創家の発見をしたとのべたが、湖南も重要な発見をしている。

明治三十年、湖南三十二歳、『近世文学史論』を書いた。

「三百年間、其一毫《いちごう》人に資《よ》る所なくして断々《だんだん》たる創見発明の説を為《な》せる者《は》、富永仲基の出《しゅっ》定後語《じょうごご》、三浦梅園の三語、山片蟠桃《やまがたばんとう》の夢の代《しろ》、三書是《これ》のみ」

と、まことに痛快淋漓《りんり》というほかない。

ここでは、蟠桃（一七四八〜一八二一）のみにふれる。

播州の田舎から出てきて大坂の大名貸しの升屋《ますや》に丁稚《でっち》奉公した。主人が死ぬと幼主を育て、主家を日本一の大名貸しにしたてあげた。

晩年、若い当主に店を継がせ、みずからは退《しりぞ》いた。進退に古武士の風《ふう》がある。

番頭だったから蟠桃と号した。ユーモリストだった。

世界史をみると、商品経済や流通経済の隆盛が近代思想を生んでいる。

蟠桃は江戸時代人ながら、脳裡はすでに近代人であった。かれは朱子学を学びつつも、その字句、修辞を藉《か》りるのみで、みずからの思想を赤裸々に生みあげた。

「古今《ここん》、人に上下なし」

と、平等を説いた。

また儒教が、堯舜《ぎょうしゅん》などの古聖人を崇拝するのに対し、いまの聖人は米相場だという。「天下ノ智ヲアツメ、血液ヲ通ハシ、大成スルモノハ、大坂ノ米相場ナリ」。さらに米相場は、「知ノ達セザルナク、仁ノ及バザルナシ」。

理論だけでいえば、右の社会をもう一歩すすめれば、民主主義社会ができるだろう。が、蟠桃は著作のなかでのみ生きた。


さて、話は昨今《さっこん》のことになる。

大阪府は、山片蟠桃の名を冠《かん》した賞を設けている。

外国人にして、日本文化の研究と紹介にすぐれた業績を示した人に賞をもらっていただく。

ことしは第十一回目で、受賞者はアメリカ合衆国のプリンストン大学名誉教授マリウス・B・ジャンセン博士である。贈呈式は、三月二十九日。

話を、龍馬にもどす。

明治維新を招来させたひとびとのなかで、坂本龍馬だけが卓越した先見性と開明性をもっていた。いわば、山片蟠桃を実践家にしたような人物だった。

私事だが、私は『産経新聞』に昭和三十七年(一九六二)から四年間『竜馬がゆく』を連載した。

当時、不遜にも龍馬の右の本質に気づいたのは自分だけかもしれないとおもっていた。ところが連載中、たまたま故大岡昇平氏が、丸善で買った右のジャンセン教授の坂本龍馬についての著作を送ってきてくださった。読んで、教授のほうが私より一日《いちじつ》の長《ちょう》があることを知った。

世界は、せまくなった。日本文化や日本史が共有される時代になったのである。

(一九九三〈平成五〉年三月二日)

91　古アジア

歴世の中国の皇帝は、私《し》であった。その存在も権力も公ではなかった。このことは、以前にのべた。

その私《し》を儒教が裏打ちしてきた。

孔子の偉大さはいうまでもないが、ものにはほどがある。

中国史ではその教えをなんと二千年以上も国教にしつづけてきたのである。このため社会は多様性をうしない、文明そのものが停滞した。

私である皇帝一人が、その手足になる官僚を、採用した。優劣の選りわけは、作文によった(科挙の考試)。

官僚が王朝という私権の執行者であるため、それぞれが私腹を肥やすことは、べつだん悪とされなかった。まれに清官がいたが、〝清官で三代〟といわれた。子孫三代まで徒食できるということであった。

二千年来、民衆にとって王朝は敵だった。民衆にも習俗としての儒教は滲透していたが、この場合、同族の団結や信というヨコの結びつきのための儒教だった。

王朝の苛政《かせい》に対し、民衆はつねに情報を伝達しあい、のがれるみちを工夫した。

一九一一年の辛亥《しんがい》革命で清《シン》朝が倒れた。翌年元旦、アジアで最初の共和国である中華民国が成立したが、しかし、二千年来の思想的習俗は一朝で消えるものではなかった。

辛亥革命の相続者である蔣介石の国民党政府は、ほどなく腐敗した。末期には正規軍百二十万、民兵二百二十万という大軍を擁しつつも、在野の共産軍に連敗したのは、〝官軍〟(王朝軍)のほうが、まるごと私欲の装置だったからである。幹部は給料をピンハネし、兵士は掠奪《りゃくだつ》をした。二千年来の官軍の型を、国民党軍は踏襲し、民衆から見放された。

〝民国〟もまた蔣家と蔣介石夫人の実家である宋家、それに孔家と陳家の四大家族の私物であった点、歴朝とかわらなかった。(いまの台湾の李登輝政権は、新生台湾をめざす姿勢をとっていて、刮目《かつもく》していい)

紀元前二〇七年、秦朝を倒したのは、それぞれ農民軍をひきいた項羽と劉邦であった。以後、どの時代でも王朝に反乱する農民軍は、農村を大切にした。

この点、中国現代史における朱徳・毛沢東にひきいられた中国共産軍も、型を踏んだ。抗日戦争中も、その後の国共戦争においても、農民の人命・財産を尊重した。

が、天下を得た毛沢東もまた、その晩年、〝王朝は私〟という伝統の病気からまぬがれなかった。

現状のすべてが自分に気に入らぬとして、文化大革命という、中国のさまざまを玉石ともに砕《くだ》くという巨大な政治的ヒステリーをおこした。

日本の場合、儒教は習俗化せず、学問としてのみ存在した。

江戸封建制は不完全ながらも〝法〟の世で、儒教のような人治主義（徳治主義）をとらなかった。

江戸時代は沸騰した二世紀半で、コメ（石高《こくだか》制）とゼニ（流通経済）がせめぎあい、当然ながら賄賂《わいろ》もおこなわれたが、〝清官で三代〟というような深刻なものでなく、概して官道は清廉《せいれん》だった。

明治時代の政治家・官吏が清らかであったことは、アジア史の奇観というべきものだった。明治国家の近代化の唯一の鍵《キー》をあげるとすれば、この一事につきる。

〝金丸的事態〟が、内外を瞠目《どうもく》させている。どこからみても、古《こ》アジアの古沼《ふるぬま》から（アジア的古層から）這《は》いだしてきた古生物のような観がある。

このあいだ、『産経新聞』の台北特派員の吉田信行氏から、手紙をもらった。土地の友人から電話をもらった、という。

「日本はやっと〝中華民国〟に追いつきましたね」

という皮肉な電話だった。

老いた台湾本島人のなかにはいまの日本人よりもわれわれのほうがちゃんとした日本人だと自負している人が多く、この人の皮肉は〝筋目の日本人〟として、〝非伝統的な日本人〟をからかっているようなのである。

それにしてもこのジョークは、笑いよりも悲しみをせきあげさせる。日本史の涙である。

（一九九三〈平成五〉年四月五日）

92　私語の論

江戸時代、漢文を学ぶことは、道を修《おさ》めることだった。道徳とひとつのものだったといっていい。

が、明治末年から大正にかけて、漢学は人文科学にさまがわりした。

そのころ、フランスで中国学がさかんで、漢学千年の伝統をもつ日本の学者も、フランス語が必要になった。

そんなころの一光景である。

桑原隲蔵《じつぞう》教授が新著のフランスの学術雑誌の一論文を読んで感心した。

教室でそれを紹介すると、学生たちは無反響だった。

「どうしたんです」

ときくと、一人の学生が言いにくそうに、「その話は先週、内藤（湖南）先生から伺いました」。

〃湖南という人は新聞記者あがりだから〃と隲蔵先生は苦笑して、息子さんの故桑原武夫氏に回顧した。

内藤湖南（一八六六〜一九三四）が学問の天才であったことは、いうまでもない。無学歴だったことも、よく知られている。

幅がひろく、すべてに創見にみちた人だったから、右のフランス人の学説も、湖南はすでに考えていたはずである。

だからこそ乏しい語学力でも本質をつかみ、学生と知識を共にすべくすぐさま伝えたのに相違ない。

書き出しを誤ってしまった。

じつはこの「風塵抄」では、教室内での私語について書くつもりだった。冒頭の挿話はその逆である。

大正時代の右の学生たちは私語どころではなく、週ごとに交代で講義する両碩学《せきがく》の話を固唾《かたず》をのんできいていたのである。

私は、講演には原則として出かけない。

ただ、二十数年前、小学校の恩師に頼まれ、大阪府八尾市の成人式で話をしたことがある。

満場、砂塵のように私語がわきあがっていて、壇の下を連絡のために往来する者もいたし、しゃがみこんで話している者、笑う者、昼めしの話をする者。

私語というのは、壇上にいる者には物理的な力を及ぼす。無数のねずみに心臓の裏を爪でひっかかれているようであり、立っている自分が滑稽で、むなしくなる。

「一時は、ノイローゼになりました」

と、ごく最近、請われて専修学校の講師になった旧友がいった。私語のためだという。

「まあ、いまでは、サザエがフタをするようにして、貝の声でしゃべっていますが」

あまりの私語のために、ながくつとめた大学をやめた人もいる。

私語側にすれば、〝聴くに値いする講義がないから〟というかもしれないが、この教授は前記の桑原・内藤に比すべき存在で、表現力にも富み、学生への愛もつよい。その愛でさえ、私語の加害力に負けたのである。

「テレビがうえつけたくせでしょう」

という風俗論としての解釈がある。学生たちは茶の間にいるようにしゃべる。この場合、教授は、テレビにうつる画像にすぎない。

いうまでもないが、私語のない大学も多い。

戦後の上智大学の教育レベルを上げたのは、語学の時間に、神父の教授が、授業開始とともに教室のドアを施錠したから、という奇説がある。これならば、もはや私語どころではない。

（一九九三〈平成五〉年五月四日）

93　つつしみ

谷や峰を歩いていると、不意に日常にない厳《おごそか》さや、身に謹《つつ》（慎）しみをおぼえる瞬間がある。

室町期の能の世阿弥《ぜあみ》の著の『風姿花伝』は、思想の書としても、美しい。

「能を極《きわ》めたるとは思ふべからず。ここにて猶《なお》つつしむべし」

と、世阿弥は、つつしみについて言う。なま身の技《わざ》などたかが知れたものである、その上に虚空《こくう》があると思え、ということに相違ない。

虚空とは数学上のゼロと同義語で、一切を存在させ、一切の存在を邪魔しない。山で感ずるあの一瞬も、虚空の厳々《いついつ》しさにちがいない。

近代のヨーロッパの王家も、虚空に似かよっている。デンマーク、スウェーデン、オランダなどはそれぞれ王国である。

いずれも高水準の民主体制をもっていることで知られる。また国民所得と福祉の度合が高く、治安がよく、さらには他国や地球環境に対して、特有の繊細さをもっている。ひとびとに虚空へのつつしみがあるともいえる。

明治憲法下の日本も、本質的にはおなじだった。

大正初年に確立された憲法解釈学（美濃部達吉、佐々木惣一両博士）によれば、当時の日本は明快なステイト（法による国家）であった。天皇は、たとえば英国の王と同様、法の下に位置づけられていた。

が、昭和初年になってその解釈がくずれ、虚空の神聖空間を侵す勢力が黒雲のようにわいた。

〃一切を存在させ、一切の存在を邪魔しない〃という憲法上の空間に軍の統帥権が入ることによって、国がほろんだのである。

幸いにもいまは千年の虚空がもどり、皇位は日本国憲法下にある。

私事になる。

いまの陛下がまだ皇太子であられたころ、赤坂の東宮御所の一室で講話のようなものを申しあげた。妃殿下も同席された。

その浩宮が、徳仁《なるひと》皇太子として、明後日、雅子妃殿下をお迎えになる。

浩宮《ひろのみや》も、おられた。

私の記憶のなかのその日の現皇太子は、御両親からひとり離れ、廊下へのドアのそばに単独で腰をかけておられた。そのお姿は、ひろい部屋をわが身一つで護るかのようでもあり、またいつでも雑用に応じるかのようでもあって、私がこの世で見たいかなる若者よりもりりしかった。

私は小用《こよう》が近い。

一時間ほどたつと、陪席の三浦朱門氏の印象では、私は不意に立ちあがったそうである。出入り口の若いプリンスにむかい、「手洗いはどちらでしょう」と申しあげた。

浩宮は、即座に起たれた。みずからドアをあけ、廊下に出、廊下の奥の遠い厠《かわや》まで案内してくださった。わすれがたい思い出である。

オランダのアムステルダムを歩いていたとき、市電の通りにわずかに警官の人影がみられた。

きくと、女王陛下が、ポルトガルの大統領を案内されて、十七世紀の哲学者の旧居を見にゆかれたという。

それも、市電に乗ってのことであった。人だかりも、カメラの放列もなかった。

おなじ滞在中、女王陛下が、アムステルダムの百貨店に買物にこられるという話をきいた。

むろん、おひとりであった。他の客たちは、気づかぬふりをしていたそうである。

オランダ市民における虚空へのつつしみ深さといっていい。


べつの主題のことを、雅子妃殿下に申しあげたい。

毎日一時間、日記のための時間をおとりになるわけにはいかないものだろうか、ということである。

私的な日記が、王朝以来、日本が誇る最古の文学形式であることはいうまでもない。百年後にもし公開されれば、世界の文学にとって（人文科学にとっても）すばらしいことであるにちがいない。

日記は、はるかな後世にむかって、妃殿下が、一個の人間として今日一日を報告なさるという形式である。この大きな自由を、何ぴとも掣肘《せいちゅう》すべきでない。


（一九九三〈平成五〉年六月七日）

94 〝国民〟はつらいよ

横浜は、もとは砂洲《さす》の上の漁村にすぎなかった。

開港場になり、魔法のように市街地ができあがったのは、明治維新より九年前、世間はまだ江戸時代のころである。

居留地には外国の商館がたちならび、生糸などの相場が立ち、鳴るように繁昌《はんじょう》していた。

そのころ、

「日本には二つの民族がいる」

と、横浜の路傍で大まじめに思った異人さんがいた。

たいていの国は、二民族以上でなり立っている。英国が、アングロサクソンと、ケルト系の古民族とで組成されているようにである。

その異人さんがみたのは、異人館のそとで、生糸の相場と連動させる小ばくちをやっている連中だった。ばくちがわるいというわけではないが、なんとも人相が卑しい。自利以外考えない顔つきで、腰をかがめて軒下づたいに走り、鳥のように寄りあつまっては、他愛もなく叫び、わずかな金でよろこぶ。日本の寺々にある地獄絵図の餓鬼に似ていた。

むろん一方でその異人さんは、べつな日本を見ている。左官に職人の毅然とした姿を見、農民のしわに永遠なるものを見、商家の人達に聡明さを感じ、さらには道をゆく武士に容儀のすがすがしさを感じた。

おかしいのは、明治早々の政権参加者たち――たとえば薩長の官員たち――も右の異人さんに似た二分《にぶん》論的感覚をもっていたことである。

自分たち士族以外の者は、精神の上で劣弱であるとみていた。薩長人が自由民権運動をきらった理由の多くは、そこにあった。

たとえば、西郷隆盛でさえ、明治十年の西南戦争の前、阿蘇一円でおこった農民の反政府一揆に対し、これと連合しようとはしなかった。農民はひたすらに治められるべき存在とおもっていたのである。

奇現象がある。明治二十二年（一八八九）に憲法が発布されてから、あれほど盛んだった自由民権運動が、火が消えたように衰えたことである。

私はその理由は、憲法によって〝国民〟が成立したからだとおもっている。

日本人のすべてが法による〝国民〟になった。さらには、選挙によって国政に参加できるようにもなったのである。国中が湧き、当時の新聞は〝歓舞狂喜〟と報じた。

が、それでもなお、この憲法には二分論的な感覚が生きていて、選挙権をもつ者は二十五歳以上の男子で、しかも直接国税を十五円以上払っている者にかぎられていた。

大正十四年（一九二五）、ようやく納税額による制限が除去され、すべての男子による普通選挙の時代になった。やっと〝国民〟らしい権利を、日本人は得たのである。

さらに二十一年後の昭和二十一年（一九四六）、二十歳以上の男女が平等に選挙権をもつようになった。太平洋戦争とその敗戦という大きな代償を払ってのことであったが。

旧憲法発布以来、五十七年経ち、われわれのすべてが全き〝国民〟になった。

これほどまで歴史の時間をかけた選挙権を、自分の即物的利益や地域エゴのために使う人がいる。また利益誘導でそういう票をあつめる選挙の悪達者《わるだっしゃ》がいる。

こんどの選挙では、そういう悪達者たちまでが〝政治改革〟を叫んでいる。

「過去の私とはちがうのです。べつの人間になったのです」

と、簡約すれば、そういうふうに聞こえる。

私どもは、大変な世の中に生きてしまっているようである。

こうも正直と不正直が見分けにくい世に生きているくらいなら、いっそ〝国民〟でなかった江戸時代の農民にもどったほうが楽なような気さえしてくる。

「さあ、元気をだして」

と、自分自身に言ってみる。候補者はやたらと元気だが、くたびれきって分別さえうしないそうになっている選挙民を励ましてくれる者は、どこにもいないのである。〝国民〟というのは、つらいですね。

（一九九三〈平成五〉年七月六日）

95　させて頂きます

「では、帰らせて頂きます」

と、客は起ちあがる。

「いまから一宮にまわらせて頂きますが、夕方にでもこちらへ電話させて頂きます」

この種の〝ナニナニさせて頂きます〟語法がこんどの選挙期間中に多用された。この語法は戦前の東京語にはなかったように思える。

〝ナニナニさせて頂きます〟といっても、相手から何か貰ったわけではない。利益をうけたお礼でもなく、また自分を卑下《ひげ》したことばでもなく、ふしぎな語法である。

本来でいえば、話している相手よりも、神仏と自分との関係で出来たことばなのである。

基本例は、

「お蔭で、達者にくらさせて頂いております」

というものである。お蔭というのは室町時代に多用されたことばで、〝神仏の加護《かご》〟という意味である。ひょっとすると、おかごがおかげになまったのかもしれない。お蔭のかわりに〝アラーの神〟を入れれば、アラブ世界でも通用する。

もっとも、

「おめえのお蔭で、ソンをした」

と、毒づくのは、相手を貧乏神か疫病神などに見たてた語法である。だから、おかしい。

「たれのお蔭で商売させてもらってるんだ」

と、顔役の子分が恩着せがましく大声を出すのも、潜在的には、自分の親分が縄張りのなかの疫病神みたいなものだと相手に感じさせたいためである。

「世間様のお蔭で」というときもまた、世間様が神仏のかわりになっていると考えていい。

以上は、お蔭についてのべた。以下は〝させて頂きます〟についてふれる。

近江路《おうみじ》(滋賀県)をおもいうかべてもらいたい。ゆたかな湖や何千年も飼いならされてきた美しい野がひろがっている。

遠近《おちこち》の村々には真宗寺院の大屋根があり、それを囲むようにして家並みの秩序がある。

真宗は、十三世紀の親鸞《しんらん》を宗祖としている。

近江は、ことさらに〝近江門徒〟とよばれるほどに信心がふかかった。

お蔭とは、阿弥陀如来のことである。

ただし、これを信じても病いはなおらないし、金が儲かるわけでもない。そのような現《げん》世利益《ぜりやく》とは、無縁の教義であった。

親鸞は、空《くう》のことを、阿弥陀如来という擬人名でよんだ。空は光《ひかり》であるといった。生命の根源でもあり、死もまた空の光のなかで輝くという意味のことを、別な表現でいうのである。

万物は、空によって生かされている。

「私どもは生きているのではない。生かされているのです」

という受身《うけみ》の、それも絶対受身の聖なる動詞が、何百年来、近江の村々で説かれつづけてきたのである。

「はい、次男はとなりの町の信用金庫につとめさせて頂いております」

と、べつに裏口入社でもないのに、そんな語法が近江では多用されてきた。

それが、江戸末期あたりに大阪の船場に移植されたのではないか、と私は思っている。

江戸・明治の大阪の有力な商人は、近江人が多かった。たとえば高島郡の人が大阪に出て呉服屋として成功し、やがて百貨店高島屋へ発展する。

船場の番頭・手代には近江人が多かったから、自然〝近江門徒〟ふうの語法が、頻用されたのではないか。

「では、あの品物は当方にひきとらせて頂きます」

となると、さきの空からすこし離れ、相手への奉仕を誓う語法になる。しかも品物を介在して売り手と買い手が、すっきりと平等になる。

政治家が、国民から負託されて政治を代行していることは、いうまでもない。政治は、商業における品物である。

両者のあいだには上下はなく、そこに機能のちがいしかない。

政治家が卑屈になることもなく、また威張ることもない。

げんに、威張らない、という初歩的なことを党内の倫理の一つにしている新政党がある。顔ぶれをみると、なるほどさきの「たれのお蔭で」という虚喝――疫病神――のにおいがない。

そのかわり、選挙人にも威張らせないのにちがいない。選挙人が、投票を担保《かた》にあとあと私利を得ようとするのを、同時に拒否しているはずである。透きとおった市民性といえる。〝ナニナニさせて頂きます〟語法は、どうやらこれらあたらしい党の候補者たちによって、ごく自然に――当人たちも気づかずに――頻用されたかのようである。

あたらしい思想表現は、古い風土から導き出されてくるものだということを、国民の前で見せてくれたことは、功績だった。ただし、多用は、ことばがべとついて美しくない。

（一九九三〈平成五〉年八月二日）

96　一芸の話

幽斎・細川藤孝は、無口な人物だったかのようである。

なにやらその一生涯は、白刃を素足で踏みわたるようなところがあった。

しかし、教養でもって韜晦《とうかい》した。和歌や茶道に長じ、当時の京都文化を代表する存在だった。

明智光秀が、本能寺ノ変（一五八二年）をおこした。光秀は幽斎の親友で、その娘は幽斎の嫡子忠興《ただおき》の嫁だった。

幽斎は光秀との縁をはばかり、豊臣政権の初期、家督を嫡子忠興にゆずり、頭をまるめた。

「二位ノ法印どの」

とよばれた。家禄こそすくないが、従二位《じゅにい》は、豊臣大名では、最高の位であった。しごとといえば、秀吉の話相手をするだけだった。

料理の名人でもあった。

あるとき、友人をまねいて茶事をした。幽斎みずからが、包丁をとった。ところが俎《まないた》の上の鮮魚に包丁をあてると、刃に金火箸《かなひばし》があたった。幽斎に嫉妬した料理人が、いたずらをしたのである。

幽斎は無言のまま脇差《わきざし》を抜き、鮮魚を金火箸ごと、真っ二つにした。癇癖《かんぺき》というものであった。

当時、野育ちの多い諸大名が、ひそかに幽斎を畏怖したのは、この武断そのものといっていい癇癖による。


忠興（三斎）も、この癇癖を相続した。

三斎は茶では利休七哲のひとりにかぞえられる。

ほかに兜《かぶと》のデザインという特技があった。

あるとき、さる大名から頼まれた兜に、長大な水牛の角《つの》をつけた。ただし本物の角はつかわず、軽くするために桐《きり》材をつかった。あとは、漆で処理した。

「折れませんか」

依頼者がかるはずみにもそういったことが、三斎の癇癖にふれた。戦場では角が木の枝にひっかかることがありうる、と三斎は言い、

「そのときやすやすと折れたほうがいい。もっともお手前が角が折れるばかりにお働きなさるかどうかは、別の話ですが」

といって、兜はわたさなかった。

第三世忠利が、肥後熊本五十四万石の初代である。忠利には一芸があったとは、聞かない。ただ、絶家した先代の肥後国主の家祖加藤清正の霊を、家祖以上にあつく祀《まつ》って肥後の人心を得た。

また、名声が大きすぎてどの家も召抱《めしかか》えることをためらった宮本武蔵を客分としてまねき、しかも御《ぎょ》しがたい武蔵の心を、よく攬《と》った。芸以上の芸といえるのではないか。

明治末年、志賀直哉や武者小路実篤ら学習院仲間が刊行した贅沢な同人誌『白樺』が、大正期の文学・美術に果たした功績は、じつに大きい。

この雑誌の毎号の赤字補塡人がたれだったかは謎とされていたが、じつはかれらと同窓だった細川護立《もりたつ》の陰徳だったことが、最近知られるようになった。

護立は美術の鑑賞と鑑定に卓越していて、戦後、美術商の仲間ではその眼力の高さが神秘的なほどに評価されていた。

護貞《もりさだ》氏は京大法学部の出ながら、〝漢唐学〟の素養は、いまでも大学の教授がつとまりそうなほどに深い。明治四十五年（一九一二）うまれである。

戦時中、近衛首相の秘書官だった期間以後は、政治とは縁がない。が、戦時下の日記である『細川日記』は、昭和史の良質な語り手であることをつづけている。

凡庸な東条が独裁的に国権を掌握し、かれ一個によって亡国の様相が深まったとき、救国のため、身を捨てて東条を害しようと思い立ったことがある。このあたり、幽斎の癇癖に酷似している。もっとも、幽斎の場合はただの魚だったが。

以上、一芸の話である。現首相については、歴史になってから、たれかが触れるにちがいない。

（一九九三〈平成五〉年九月五日）

97　時

「いかがお過ごしですか」

いいことばではないか。

私たちも万物も時間に寄生している。

時間は、宇宙のはじまる以前からある。宇宙の滅亡後もつづく。

でありながら、時間は、それ自体として目にも見えず、手にもとれない。そのくせ、すべてを支配し、すべてに命令し、すべてを生殺与奪する。

中学校の国語の先生になったつもりで、過ごす、についてのべたい。他動詞である。火が消える、の消えるは自動詞で、火を消すとなると、他動詞になる。日本語は、助詞の〝を〟という回転バネを置くだけで、自動詞がくるりと他動詞になる。

「いかがお過ごしですか」の〝時を過ごす〟という言い方は、じつに意味がふかい。

まず他動詞的な言いまわしだから、ひょっとすると、明治後の日本語ではないかと思い、辞書をひくと、すくなくとも十世紀にはすでに使用されていたことに驚かされる。

『蜻蛉日記《かげろうのにき》』に、

「さて二三日もすごしつ」

とある。

また『源氏物語』の「若紫」にも、「かくてはいかですごし給はむ」とある。


英語にも、pass や spend をつかって、一夜を過ごす、とか、退屈せずに時を過ごす、という言い方があるが、日本語のようにあいさつことばにまで及ぶことは、ないのではないか。


「過ごしいい季節になりました」

と、秋のはじめなど、日本語では手紙の冒頭に書く。

なにげない慣用句だが、じつに哲学的である。考えようによっては、これ以上に宗教的な言いまわしもない。真理としての人の生《せい》を、ただ一行で言いあらわし、しかも見えざるものへの感謝がこめられている。

万巻の経巻よりも、仏教の真理はこの一行で尽くされているではないか。

右のあいさつことばをくどく国語解釈すると、

「時間は、絶対の権力者です」

ということからはじめねばならないだろう。

「私どもおたがい、その大いなるものから、わずかな時間を借り、身をゆだねて生きています」

という意味が入っている。さらに、

「この夏は寒熱さだまらず、つらいことでありました。ようやく秋らしくなり、身も心もやわらぐ思いです。同じく時に寄生しているあなたさまもこのよろこびを感じてくださることと存じます」

「日本人には宗教がない」

と、ときに外国人がいう。知日派の人のなかには、

「かつてはあったが、いまはない」

などという。

アラブ圏には素朴な人が多いから、宗教のない人を信用しない。

「ボク、無宗教デス」

と、日本の若い人などがなにげなくいうと、異星人を見たようにおどろく。

日本には隠然として、しかも厳として存在しつづける宗教がある。日本語である。すくなくとも、右の語法はそうである。

ついでながら、日本人が時間を感じた例として、壮大な表現がある。九世紀、死を前にした空海が、人類への自分の素願はながく尽きない、という意味のことを、つぎのように表現した。

「虚空《こくう》尽キ、衆生《しゅじょう》尽キ、涅槃《ねはん》尽キナバ、我ガ願《ねがい》モ尽キナン」

言葉の響きがいい。

大意は、宇宙が尽き、人類も死に絶え、真理もなくなるほどの未来になれば、自分の役割もおわる。それまでは自分の思想は真理でありつづける、ということである。

以上は、日本人が、

「いかがお過ごしですか」

と互いに言いあっていることの背景である。

（一九九三〈平成五〉年九月十三日）

98　飼いならし

ロバが人間の荷物を背負って歩いていたころ、人間たちは思った。人間もロバのように飼いならされなければ人間にならないのではないか。

その飼いならしの体系が、大思想である。仏教、カトリック、イスラム、あるいは東アジアの儒教などがそれで、これらに共通した特徴は、普遍であるということである。村落・部族・民族を越えている。

普遍的であることが必要だったのは、それほど人類は小グループごとの食いあいがさかんだったからにちがいない。いまも中近東やヨーロッパの局地で憎悪と殺戮がくりかえされているのをみると、そう思わざるをえない。

「あなたの宗教は？」

と、前稿で、アラブ圏で日本人がよく質問される例を引いた。無宗教です、ともし答えたとしたら、「私は飼育されていない野生の人です。野馬みたいに」というにひとしい、という意味のことをのべた。

世界じゅうが、日本について無知である。

もし質問者のなかに日本通がいて、さらにはその人が、大思想の効用は人間を飼いならしてよき社会的動物にするためにあるという機微まで心得た人であるとしたら、たとえその日本人が〝無宗教〟と答えても、よく理解してくれるはずである。

「なにしろ、あなた方は、江戸時代というものを経ているからな」

江戸時代二百七十年というのは、世界史でも、社会の精緻さにおいてとびぬけていた。ただし、仏教はその存在を政府（幕府）に保証されすぎていて怠惰になっていた。たとえば僧侶の品行については本来なら宗門内部で検断されるべきであるのに、幕府の寺社方が、そんなことまで面倒をみていた。

大思想には禁忌《タブー》があり、禁忌はその思想の本質に根ざしている。

日本にも禁忌があった。たとえば江戸時代の終了まで獣肉を遠ざけていたことである。

寺がそれを禁じたのではなく、遠い奈良朝のころ、政府がそれを禁じた。むろん宗教上の理由によるから宗教的禁忌といっていいが。

肉食の禁忌についていうと、『旧約聖書』では食べるべきでない獣類についてこまかく規定している。たとえばウシのような偶蹄類は食べていい。ブタは偶蹄ながら、反芻《はんすう》しないから食べてはいけない、といったふうである。ただしこの禁忌は、ユダヤ教に残り、カトリックでは、消えた。

もっともカトリックでも、ながい間、金曜日には獣肉を食べなかった。「私は魚がきらいだから金曜日は苦しかったよ」という話をきいたことがある。

いまは、その禁忌もない。ある労働者が神父にむかって、

「じゃ、いままで金曜日にステーキを食って地獄に行った連中はどうなるんです」

と、質問した。神父は怒って、

「神のルールに口をはさむな」

と、いった。この挿話は、アメリカの小説で読んだ。

以上で、雑談はおわる。

この雑談の結論は、幾通りにも考えられる。

一つは、日本が、現在、大思想によるなまなましい拘束なしによき社会をつくっていることを、地球や世界の課題のなかで役立てられないか、ということである。これにはむろん、そのためのあたらしい思想が要る。

二つ目は、大思想が衰弱すると、それを奉ずる小集団が、他の小集団に対して悪魔化するのではないか、ということである。この現象は、世界のあちこちで演じられている。

三つ目こそ、大切である。若者が活力をもつためには、社会から馴致《じゅんち》されるな、ということである。古いことばでは、

「不羈《ふき》（羈は手綱《たづな》）」

という。手綱で制御されないという意味である。

ただし、この場合のむずかしさは、自分で自分の倫理を手製でつくらねばならないことである。しかも堅牢に、整然とである。でなければ、社会に負かされ、葬られる。

人間は大思想や社会によって馴致されて人間になるといいながら、じつは、古来、真に社会に活力を与え、前進させてきたのは、このような馴致されざるひとびとだった。

（一九九三〈平成五〉年十月四日）

99　島の物語

思いだしたから、書きつけておく。

日本の北に、ロシアのカムチャツカ半島が、南に向かって垂れている。その南端から北海道まで、首飾りのように二十四ほどの島々がならんでいるのが、千島列島である。

すべて日本領だった。

いまは日露間の熱い湯のなかにある。

この島々が日本領であることは、明治八年（一八七五）に日露間で調印された〝千島・樺太交換条約〟によって、たとえば東京都が日本領であると同じくらいに明らかなことであった。すくなくとも一九四五年八月十八日まではである。

太平洋戦争中、この列島はアメリカ軍の航空機や艦船の南下路にあたっていたため、日本はここに守備隊を置いた。

カムチャツカ半島南端から数えると、第一島が占守《シュムシュ》島、第二島が幌筵《パラムシル》島で、この両島に一個師団が置かれた。

兵力はやがて他の戦線にひきぬかれたため、末期には六千ほどになった。

日本国が連合国に降伏したのは、周知のように、一九四五年八月十五日である。すべての戦場で、戦火が熄《や》んだ。


ところが、信じがたいことに、降伏から三日後に戦争をせざるをえなかった部隊があった。さきにふれた八月十八日のことである。ソ連軍が占守島に銃砲火とともに侵入してきたのである。世界戦史上、例がない。

型どおりの夜襲だった。まず同日の午前一時前後、カムチャツカ半島の南端から重砲弾が飛来し、次いで艦砲の砲声がきこえ、未明、島の北端の竹田湾に侵入軍が上陸した。

おどろくべきことだった。おなじことが千葉県や山口県でおこったと想像しても、事態の質は変わらない。


当時、島には私の友人たちがいた。高木弘之、芦田章、田中章男、吉村大、木下弥一郎らだった。

みな戦車第十一連隊に属していた。連隊長は池田末男《すえお》大佐で、この人は私どもが戦車学校で教育をうけていたころ、教頭のような職にあった。

いまでも、私は、朝、ひげを剃りながら、自分が池田大佐ならどうするだろうと思い、その困惑の大きさを想像したりする。サッカーのゲームがおわってから、相手チームが突っこんできたようなものである。それも三日後にである。

池田大佐は、午前一時すぎ、隣りの島の師団司令部に命令を仰ぐべく電話をかけたが、司令部もどうしていいかわからなかった。当然ながら、司令部は東京の大本営に電話をした。が、大本営も、当惑した。

くりかえすが、日本はすでに降伏している。降伏後の日本を処理すべき連合軍最高司令官はマッカーサー元帥だが、かれはまだ日本に到着していなかった(日本進駐は八月三十日)。

ソ連も、当然ながら連合国の一員であった。その一員が、いわば野盗のように侵攻してきたのである。

これほどの事態だったのに、いまはよく知られていない。戦後、この大戦についてあゆることが書かれたが、この〝占守島事件〟については、私は活字で読んだことがない。

先日、なにげなくテレビをつけると、自然としての占守島が映し出された。野に、戦車の残骸がころがっていた。

「戦車ですね」

と、レポーターのつぶやきでおわり、画面はすぐ他の自然へ移った。死者たちのために当時の変事について一言《ひとこと》あってもよさそうなものだったが、レポーターはおそらく事件そのものを知らなかったかと思える。

ついでながら、前記の私の友人たちは、木下弥一郎をのぞいてみな戦死した。戦車の残骸は、私にはかれらの死体のようにみえた。


池田大佐は、撃退することを決心した。

大佐の決心については、世の中も歴史も価値観も変わってしまった平和なこんにち、論議してもはじまらない。池田末男という人は、敵を見れば戦うことを国家から教育され、そのことを義務と思ってきた。

大佐の命令によって、全車輛がエンジンをかけた。が、かんじんの大佐が搭乗する車輛だけが、夜の冷えのためか、エンジンがかからなかった。大佐は他の車輛に飛び乗って出発した。

残された大佐の車輛の操縦手の准尉は、全軍が出て行ってから、車内で拳銃自殺をした。

このことも、戦前の日本における倫理的事情であって、こんにちの感覚でその死の当否を論ずる必要はない。

上陸したソ連軍は、撃退された。が、再度上陸してきた。このため激戦になり、多くの敵味方が死んだ。池田大佐も死んだ。八月二十一日になってようやく双方白旗をかかげた軍使によって停戦が成立した。日本軍の生者はシベリアへ送られた。

以上のことは、現在のロシアを論ずる上で何の足しにもならない。ただ、千島列島の〝ロシア領化〟がどのようにしておこなわれたかを、平和と繁栄の明日をめざすロシア市民たちに知ってもらいたいのである。知れば、どんな異常な事柄でも、両国にとって好ましい昇華を遂げるものなのである。

（一九九三〈平成五〉年十一月一日）

100 文化

私どもの人体は、じっとしているかぎり、温かい空気の被膜のようなものでつつまれている。風が吹くと、その〝被膜〟が吹き飛ばされる。だから涼しい。あるいは寒い。狭義の文化は、右の〝被膜〟に似ている。さらに簡単にいえば、習慣・慣習のことである。

外から家に帰ってくると、ほっとする。家は、自分がつくりあげた、自分だけの文化である。胎児が子宮にいるように、サナギがマユにくるまれているように、心を落ちつかせる。

一民族やその社会で共有される文化を、仮りに狭義の文化とする。

私どもが外国から日本に帰ってくるだけで、釣られた魚が、ふたたび海にもどされたほどの安らぎを覚える。

「文化とは、それにくるまれて安らぐもの。あるいは楽しいもの」

と、考えたい。

以下の広義の文化も、定義にかわりはない。

国が富めば、世界一の交響楽団がやってくる。聴くと、楽しさにつつまれる。印象派の華麗な作品群にかこまれて展覧会場ですわっている場合も同じである。広義の文化は、心が高められ、しばしば元気が出る。


以上のような趣旨は、かつて書いたことがある。

ごく最近、四、五人の人と同席して、記者会見を受けるはめになった。

〝文化と国家は関係がない。国家が文化に対してこれを顕彰するなど余計なことではないか〟

という意味の質問があった。

その翌日だったが、民放のニュース番組のなかで、文化についての〝特集〟が組まれていた。右の席上での私の談話が、内容を削られて、出ていた。〝特集〟だから私に著作権や肖像権があるはずだが、無断だった。

「文化と国家は関係がある」

とのみ、画面の私は、前後を切られたまま答えている。つぎの瞬間には伝達主役《キャスター》の顔がうつって、不服らしい表情を作り、しかも無言のままだった。

この欄で答えておく。

以下、事例だけをあげる。

八世紀の天平《てんぴょう》文化（奈良朝文化）といえば、いまも奈良にゆけば見ることができる。

当時の日本は貧しかったが、国家が唐風の技術を導入し、平城京を現出させた。

「当時は、たいていが掘立小屋にすんでたよ」

といっても、理解の足しにはならない。『万葉集』に「青丹《あおに》よし」の歌があるように、当時のひとびとも新来の文化をよろこんだし、後世の私どもも〝天平文化〟という言葉をきくだけで心のふるさとを感ずる。共有のものになっているのである。

琉球は十五世紀から十九世紀まで王国だった。そのもとで音楽や舞踊が、下手《げて》から上手《じょうて》になり、陶芸や織物など美術工芸も、実用品から華やぎのあるものになった。

十七世紀以後、琉球は薩摩藩の武力に屈従した。

しかし文化の上では、征服者の薩摩藩のそれは幕藩体制の紋切り型《ステロタイプ》の〝一支店〟にすぎなかったのに対し、国家としての琉球文化ははるかに華麗でゆたかだった。

右の二例を考えても、国家と文化はべつのものではなく、しばしば国家は文化的総称でもある。

以上、常識的なことながら。

（一九九三〈平成五〉年十二月六日）

101　正直さ

林の根方に落葉《おちば》して、一面に夜露が月光にきらめいている。

「黄金《こがね》だ」

と、世間師《せけんし》のような人が叫び、やがて千、万の声になった。

ひとびとの心が、社会のただ一つの資産である。

その無数の心に霧が入りこんだ。個人も大資本も争って各地の落葉（土地）を買いあつめ、それを担保にし、銀行で本物の日本銀行券に換えた。ころがすと、しばしば倍になった。二、三十年、このゲームがつづいた。株も絵画もこの霧のような気分にあおられた。

こんな現象のことを、

「虚仮《こけ》」

という。聖徳太子のころからある日本語である。

「そんなものは、経済ではない」

という警世的なことばが、ついに政治の世界から聞こえて来なかったような気がする。それどころか、政界にもひそかに落葉を金庫に詰めこみ、これを権力の源泉にしつつ、〃国家・国民のため〃というふしぎな呪文を唱えつづけた人もいた。

いまは、日本じゅうが醒めた。ただし、

「あれは、泡沫《バブル》の時代のことでね」

と、日本人の心と生産の基本をむしばんだこの霧の時代のことをひとことで片づけてしまう傾向がある。太平洋戦争のことを、あれは軍閥がやったことで、とにべもなく言うのに似ている。

第一、バブルなどということばが、経済学用語にあるだろうか。政治学や社会心理学のほうにも無さそうである。定義もないような言葉（バブル）をつかって、その時代の本質を語るわけにはいかない。

それが、ほんのこの間までの過去だった。いまはその〃過去〃にあらためて驚くことからはじめねばならない。

日本には多くの大学に経済学部や研究所がある。そういう機関で、あの現象についての研究が、すでにはじまっているだろうか。なぜ生起し、どのように進行したか。さらにその結果としてのこの――死のような――不況の正体はなにか。また、経済学はこれを予見し、阻止することができなかったのか。

政治家たちも、なにやら漫然としているようにみえる。

過去のことながら、政策論として――解剖病理学的に――論議し、いままでの政治が怠慢もしくはまちがいだったとわかれば、その結果をせめて白書の形ででも――つまり解剖報告のように――あきらかにしてほしい。決して退屈な白書にはならないはずである。

私は偏食で、フォアグラを食べない。この名が〝脂肪で脹《は》れた肝臓〟というフランス語だときいてから、気分がわるくなったのである。

周知のように、製造には、生きたガチョウが使われる。口をあけさせ、管を突っこんで、たべものを流しこみつづけると、肝臓が脂だらけになって脹《は》れあがる。

いまの銀行に似ていなくもない。どの銀行も、担保の流れの落葉（土地）をのどまで詰めこまれ、肝臓どころか、胃も腸も動かなくなっている。経済社会そのものも、ガチョウになっているらしい。

「政府は、不況対策をしろ」

と、国会で質問が出るたびに、驚かされる。

ガチョウになるまで放置——あるいは助長——したことの責任はどうなるのだろう。

経済には果報という不確定要素があるからいつかよくなるにちがいないが、ともかくも、私どもの病気は何でしょうという疑問に対し、正直で根こそぎな回答が出なければ、不況対策もありえないし、経済社会の再建もありえないように思える。

（一九九四〈平成六〉年一月三日）

102 泥と飛行艇

わが国の憲法は、首相公選制をとっていない。

衆議院において多数を制した党が、首相をきめる。

私ども国民は、国会議員のみを選ぶ。


「私ども国民」

という場合、語感には、清らかな〝永遠のアマチュア主義〟ともいうべき意味が入っている。アマチュアという語感には有能で人格的魅力に富む首相を持ちたいという願いがつねにこめられている。


「選挙の足もとは、泥だらけの習俗です」

という人もある。選挙民を利益や人情で釣り、利権で票をかためる。

結果として、泥の塔のような集票組織ができかねない。累々と立つ泥の塔の上に多数党が形成されて行ったのも、むかしむかしのことと思いたい。

この場合の泥は、「旧習に泥《なず》む」という意味であってもいい。拘泥のことである。

この泥《なず》みの構造が、首相を生みだしてきた。

むろん、歴代首相が泥まみれだったというのではなく、泥の側も高度に技術化し、泥中で蓮の花を咲かせるようにして首相が選ばれてきた。ただ、どの首相も、泥に遠慮し、傭われ店長のように自由が稀薄そうだった。

それらの歴世からくらべると、いまの政権はふしぎである。泥から離れ、飛行艇のように飛んでいる。

「実感として、革命政権みたいですね」

と、就任ほどもないころ、首相自身がいったといわれるが、たしかに前代未聞の形態といっていい。

機体を従前の政治習俗から離陸させ、国民の意志という空気に揚力をおこさせて飛んでいるのである。

時と人と有志たちがこの飛行艇をつくったにせよ、設計者の功であることはまぎれもない。

その設計者は機械好きで、機関士として搭乗し、あちこちのボルトを締めたり、出力を調整したりしている。なにかしぐさをするたびに、マスコミが騒ぐ。

「モトコレ泥中ノ人」

などという声もあり、連立の内容についての評価もさまざまである。

しかし、飛行艇形態をつくることによって、政治を閉塞《へいそく》状況から救い出した功は大きい。

なにしろ、この政権は国民がじかの傭主という実感を私どもにもたせている。国民の意志を裏切らない以上、この飛行艇が墜落することは当分なさそうである。

途中、乗員の一部の反乱によって機体が蹴破られ、あわや墜落という危機におち入った。が、再浮上し、政治改革というその役目をまがりなりにも果たした。

また減税と税制改革という山を越えかけて、大きく失速した。

それでもなお墜落せず、その後も巡航をつづけている。単に人気のせいではない。

機械が堅牢というわけでもない。

揚力による。それほど過去の習俗にもどりたくないという国民一般の思いがつよいのである。さらには墜ちればあとがない、という思いもある。

飛行艇という形態も、この我慢も、明治に憲政がはじまって以来のことである。国民のほうも、素人芝居をみるようにはらはらしている。はらはらまでが揚力になっているというふしぎな経験をわれわれは毎日している。

（一九九四〈平成六〉年二月十四日）

103
湯の中

湯にくびまでつかりながら、瓦職人が、問われるままに瓦の焼き方を話している。ただの土が、美しいギンネズミ色の瓦にかわってゆく話をすると、

「ほんとうに、土がギンに変わるんですか」

マルチ商法に入会したばかりの人が、何を勘ちがいしたのか、目の色を変えた。

陽射しが大浴場にあふれた春の午後のことである。


「変わりますよ」

と、べつの人が、静かにいった。その人はながくて大きな顔を持っている。湯面《ゆおも》に浮かんだその顔が白くて、なにやら筋がついていた。

「変わったお顔ですね」

たれかが不用意にいった。

「差別はいけない」

どすの利いた声で、その人はいった。差別はいかんということばは、時代の磁気を帯びている。

まわりのひとびとは、不用意な人の不用意な発言を責めた。不用意な人が自分の発言をあやまるうちに、その人の表情に海のような寛容な微笑がひろがった。

「いいお顔をしていらっしゃる」

浴槽の南側の人が、感嘆して叫んだ。その叫びがきっかけになって、浴槽じゅうの人達が、その人をとりまき、片言隻句まで聴こうとした。

「アフリカから来られたそうだよ」

と、前列の人が、声の聞きとれない後列の人にそう伝えた。

「なんでも、日本じゅうの村々の鎮守《ちんじゅ》の杜《もり》という杜をまわっておられるそうだ」

「なにか、ごりやくが、ございましたか」

と、浴槽の北側の人が、きいた。

「信州の鍬《くわ》ノ峰の南の降り口の村の鎮守の草がうまかったね」

「草が」

みなどよめき、その草にどんな薬効がありますす、漢方薬として売り出したいのですが、という人もいた。

「そういう質問がいまの日本の病気だよ」

その人が、いった。

「人の話を、功利的な情報としてしか聞けない。コマーシャルのようにね」


政治について伺いを立てる人もいた。

「行儀がわるい」

と、その人は、電車のなかの日本の若者の無作法を例にあげた。たれもが顰蹙《ひんしゅく》している日本名物だが、この人の口から出ると、世界の奇観のようにきこえる。顔、姿、世界じゅうであれほど汚らしい肢態はないね。

「漱石が、明治三十年代に、すでに東京の電車のなかでの〝強者優位〟のことをいっていますね、ロンドンのマナーと比較して」

と、物識りが、あいづちを打った。

その人はそのあいづちには乗らず、

「私のいうのは電車の中の話じゃない。政治は気品だということだ」

といった。代議士のほとんどは、アフリカのサバンナの草食動物のむれのように気弱だからね、こと選挙に関しては、とその人はいう。

「そのおびえを衝く。——」

たれが衝くのか。ひとびとの脳裡に、走る肉食動物がうかんだり、槍を持って忍び寄る人間が浮かんだりした。しかし片言隻句だから、そういう説明はない。

「政治にあってはおどしは必要なものだ。しかし、一人の人間が何度もおどしや謀略をやると、札付《ふだつき》になってしまう。君子ハ為サザルアリ」

といってから、その顔の大きな人は口をつぐんだ。沈黙が、数分つづいた。

やがてその人の背後にいた人が、湯のぼせしたのか、あわただしく浴槽から出て行った。

「あの人は、なんだ」

「腹話術師だよ」

たれかがいったとき、みな幻覚から醒めた。湯の上にしぼんだ風船がうかんでいる。ひろげてみると、シマウマの顔をしていた。


「自然保護の宣伝だったのかな」

ひとりが、いった。

「いや、アフリカを認識せよ、ということじゃないのか」

「ちがうね、あれはほんとうのシマウマだったんだよ。わざわざ日本まできて、神社の杜を駐車場にするな、と言ってくれたんだよ」

テレビを一日じゅう見ていると、これと似た幻覚を覚える。以上は、自戒のことばである。

（一九九四〈平成六〉年三月七日）

104 誇り

誇りという、人間にとってきわどい――有用かつ有害な――精神について考えてみたい。
誇りあるいは自尊心は、幼児期にすでに見られる。人間の本然《ほんねん》にちかい感情らしい。
コドモは、ときにたけだけしいほど自尊心がつよい。古来、少年期に教育が行われてきたのは、当然なことだった。感情のなかのその部分を刺激して、教育や訓練がほどこされるのである。

大人になると、ふつう、子供っぽい誇りはほどよく燻《いぶ》される。あるいは精神の良質なものに変化したりする。

そういう好もしい人格的威厳の見本は、たれの身辺にもいる。帳簿の上手、水道工事の達人、腕のいい外科医、老練の鳶職《とびしょく》、篤農家、三十年無事故の運転手といったような人達の風貌を思いだせばいい。

大人になっても子供っぽい誇りが残っている人は、プロ野球やプロサッカーの熱狂的なファンになると、すばらしい。

おだやかな生活人が、観客席でしばしば仔犬《こいぬ》のように叫び、はしゃいでいるのは、むしろ愛嬌のある景色である。

福沢諭吉は、明治初年、立国の基本は個人の独立と自尊にあると説いた。この場合の自尊は、むろん子供っぽい誇りではなく、他を侵さず他から侵されもしない個人の威厳といっていい。

以上は、前提である。

この世は、さまざまである。

国によっては、個人の独立自尊どころか、国家が個人にのしかかり、すべてを国家に奉仕させようという場合もある。

人民個々が、自分を〝主体的に〟犠牲にすることによって国家に栄養をあたえ、国家に名誉を得させようという体制である。

国家の誇りと名誉がふくらめばふくらむほど、そこに溶けた人民個々は、冥々《めいめい》のうちに至福の境地を得る、というあたり、ある種の新興宗教に似ている。

「どうです、わが国の兵器工業の発展はすばらしいでしょう」

と、ひとびとが子供っぽい誇りで胸が満ちるときこそ人民個々にとっての至福である。

そういう場合、案内人は、

「それらの発展は、すべてあの方のおかげなのです」

と、大きな銅像を見あげたりする。

童話風にいえば、その銅像は、千万の子供っぽい誇りを吸いこんで、毎日大きくなり、雲を衝くばかりになっている。

「ゲンシバクダンを造って飛ばそうではないか」

と、もしこの銅像とその後継者が命じたとすれば、国家の子供っぽさが極に達したときにちがいない。むろん、バクダンを飛ばすミサイルも製造される。

ときに、ひとびとは餓え、国庫にカネも乏しい。しかし誇りは、窮乏に逆比例する。窮乏が極に達したときこそ、誇りの表現として、そのバクダンが要る。

どこへ飛ばすかは、問題ではない。飛ばす能力の誇示こそ、目的である。

子供っぽい誇りが国家としての威厳に転換できるのは、大量殺戮兵器をもつ以外にない。四方が——東京もソウルも——おそれ、ひれ伏すだろうからである。

一大事だが、しかしまわりの国々は、はれもののように膨《ふく》れあがったその〝国家の威厳〟に対して、あまり攻撃的な騒ぎ方をすべきではない。

静かにおだやかに、練達の心理学者のように相手の理性の場所をさがすしかない。そのうち、時が解決するにちがいない。

（一九九四〈平成六〉年四月四日）

105　古人の心

むしゃくしゃするときは、私は地球儀をまわす。以下は、そういう規模の話である。

亜細亜大学の鯉淵信一教授（モンゴル語学）のもとに、ごく最近、老モンゴル人が訪ねてきた。フェルトのモンゴル帽をかぶり、モンゴル服に、舟のように大きいモンゴル靴《ゴトル》をはき、草原からまっすぐきたような——げんにそうだが——人だった。唐突で、未知の訪客である。

ティムル老人と、仮によぶことにする。

むかしは草原の小学校の校長さんだったが、引退後は、標高三千メートル以上のモンゴル高原で羊を飼っている。夜は、包《ゲル》にくるまれて大きな星空の下で寝る。いわばモンゴル人にとって至福の境涯にいる。

鯉淵家のあたりは、数世代前、武蔵野の雑木林だった。

いまは住宅街になっている。ティムル老はバス停で降り、鯉淵家のベルを押した。

「日本を見ようと思って」

老人は、いった。ついでに海も見たい。佳子《けいこ》夫人はおどろいたが、夫妻とも心のひろい人だから、請じ入れた。以後、老人は一ヵ月あまり鯉淵家に逗留した。

じつをいうと、老人はウランバートル大学で日本語を専攻した一人娘と一緒だった。飛行機が日本着陸姿勢に入ったとき、窓の下に東京の夜の海がひろがった。

老人は、眼下を凝視した。モンゴル人のほとんどは、生涯海を見ずに死ぬ。

老人は、波の上に漁火がちらばっているのを見て、

「あれは、空の星が海に映っているのか」

と、娘にきいた。人間は、他郷にゆくと、巧まずして詩人になるのかもしれない。


食糧持参で来た。

羊二頭だった。一頭は、鯉淵教授にくれた。

「羊を連れて？」

「いや、肉が圧搾されています。一頭分が手にさげられるほどのかさになっているんです」

羊の肉をよく煮、よく干し、こまかくきざみ、さらに干し、小さな袋に圧縮するのであ

る。食べるときは小刀でスライスし、煮こみうどんのなかに入れる。

十三世紀のチンギス・ハーンの遠征のときの兵糧がそうだった。私は文献のなかで辛うじてそんな話を知っていたが、いまも存在するとは思わなかった。


モンゴル人は一般に魚を食べない。が、鯉淵家の夕食ではときに魚が出た。

老人は苦しげだった。しかし食べ、

「なにごとも、稽古だ」

といった。来世、ひょっとして日本人にうまれてくるかもわからないというのである。

老人にすればそのときの練習だった。


モンゴル人は、古来、草原で水溜まりがあると、大きく迂回する。理由はわからないが、水溜まりには日本の『古事記』にいう禍霊《まがつひ》がいる（げんに水溜まりに細菌がいる）ということと似た考え方があるのかもしれない。

沐浴《ゆあみ》をしないのも、同じ理由による。

むろん高原は乾いている。

垢《あか》がすぐ干からび、あとは風が持ってゆく。日々空気浴をしていると思えばいい。

しかし、鯉淵教授は、ここは湿度の高い日本だから、と入浴をすすめた。

そのつど、ティムル老は否《ビシ》とことわった。浴室は、水溜まりに相当する。「せめてシャワーだけでも」と言ったとき、やっとその気になってくれた。しかし手帳をとりだし、しきりに繰っていたが、やがて、

「きょうは、日がわるい」

と微笑した。

教授は、海にも、富士山にも連れて行った。

富士の見える丘にきたとき、老人はひざまずき、岩のように動かなくなった。ほどなく小さな香炉をとりだし、芝の上に置き、はるかに富士のために香をたいた。教授は、あやうく涙がこぼれそうになった。富士のほうも、このような古人の心を持った人に対面するのは、何百年ぶりだったかもしれない。

（一九九四〈平成六〉年五月二日）

106　永久凍土

ヒトは、地球に住む。

「住み方を考えよう」

という、実効あるアジア会議が、ひらかれていい。

たとえば、北京でひらく。

「中国の工場の煙突から出る有害物質が、周辺の国に酸性雨を降らせています。森林が枯れれば、大気がどう変わってゆくか」

精密なデータのもとに、討論され、もしよき結論が出れば、高度な政治判断によって、当該国が実行に移す。

「よその国の木が枯れようとどうしようと、かまっていられるか」

というような自国優位の議論は、ここでは出ない。

「国土の多くが水面下にあるオランダは、地球温暖化がすすめば、国がなくなってしまう」

オブザーヴァーのオランダ代表がいえば、各国代表はおなじ地球人として――あるいはオランダ人になった気持で――真剣に討議しあう。

「空論だよ」

というのは、この議場では禁句である。世界の自動車産業が、非ガソリン車――たとえ速度が遅くてコストがかかっても――に切りかえざるをえない時代が、遠からずやってくる、というのが、この会議の前提の一つになっている。

「じつは、わが共和国は食糧が極度に不足している」

と、北朝鮮代表がいうとする。

一国の食糧問題は地球保全の次元の課題ではない、と、スリランカ出身の議長は、そういう理由で、右の提案を議題として採用しなかった。

「それじゃ、ソウルや東京は火の海になってもいいのかね」

北朝鮮代表の声が、激した。

しかしそういう戦争行為は、従来の国家のレベルでのことだから、と議長は迷惑そうである。

「もし核が爆発すれば、地球は汚染される」

と北朝鮮代表にいわれてはじめて、議長はやっとこの会議の議事として取りあげた。しかし国家の行動原理という古いワクでの時代遅れな主題なので、古くからあるアジア食糧問題会議のほうにこの案件をまわすことにした。

議長があつかわねばならないのは、もっと高次元の課題だった。

「さて、つぎは永久凍土《パーマフロースト》の問題です」

と、議長がいう。

北極海を中心に地球の北部の地面をひろくおおっている凍れる土壌のことである。

その固さは、――私も冬の〝満洲〟で経験があるが――ツルハシをふるっても、はねかえされてしまう。

また私事になるが、モンゴル高原に湧きあがる白雲をみて、海もないのになぜ雲が湧くのだろう、という意味の文章を書いたところ、氷雪学の樋口敬二《ひぐちけいじ》博士から、永久凍土の表層が、夏わずかに融けたぶん雲になるのです、というご教示をうけた。

永久凍土層は、シベリア、アラスカ、カナダ、中国奥地など、地球の陸地の一四パーセントという広大な面積を占めている。ときに凍った土壌の深さは千メートルにもおよぶ。

もし地球の温暖化が進行すれば、永久凍土によってとざされてきたぼう大な量の水があふれ、シベリアは水びたしになり、海面の水位もあがるだろう。

「朝鮮も、氷雪学の国際学術機関の調査をうけ入れる必要があると思いますが」と、議長がいったとき、北朝鮮代表が、もしおだやかな表情でそれを受け、「その課題は、国家主権を越えて重要だ」といったとすれば、これほどめでたいことはない。まだまだ夢物語だろうか。

（一九九四〈平成六〉年六月六日）

107　文化の再構築

明治維新という革命は、このままでは日本は亡びるという、危機意識からおこされた。そのあと、玉石《ぎょくせき》ともに砕く欧化主義がとられた。「ザンギリ頭をたたいてみれば、文明開化の音がする」というように、痴呆的なまでにその勢いがすすんだ。

明治二十年代になって、このまま欧化がすすめば日本も日本人そのものまでなくなってしまう、というあたらしい危機感がおこった。国民文化を中心に自己を再構築せよ、という運動だった。むろん国粋主義でも右傾化でもなかった。

運動を始めた人達には、西欧の学問を十分にやった陸羯南《くがかつなん》のような人が多かった。

羯南は明治期を通じてもっとも魅力的な人格をもつひとりであった。かれは、この運動のために小さな新聞『日本』をおこした。

この人の知性と徳のもとにあつまった若い同人たちは、いまの入社試験ではとても採れそうにない人達ばかりだった。正岡子規、三宅雪嶺、長谷川如是閑《にょぜかん》、鳥居素川《そせん》、丸山侃堂《かんどう》など十指にあまりあった。

たとえば子規は、かれらの新聞『日本』に拠って、うらぶれはてた俳句短歌を革新する運動をおこした。羯南がなければ子規はなく、子規がなければ、俳句も、芭蕉以来の電池の切れた古い懐中電灯の殻同然になっていたろう。

むろん、こんにち世界じゅうで愛されはじめているハイクもありえなかった。

第二次大戦後、二度目の自己否定の大変革があった。敗戦と米軍の占領による衝撃がエネルギーだったとはいえ、日本人は十分にそのことをやりとげた。

ただ戦後の変革は、便利主義という厄介なものをともなっていた。たとえば、農村の家屋にしても、不燃性の新建材をつかえ、という政府の規制のために、日本美そのものというべき農家の建物が消えた。

いまはどこに行っても、農家は醜いウソ材でつくられていて、景観を見る者の心を冷えさせている。燃えにくいというただ一点の便利さのためにである。

「この家じゃ、長男に嫁は迎えられませんよ」

と、私の近所の古格な屋敷に住んでいるひとはいう。せめて台所を変えたいということばに、私などは、もっともだと思ってしまう。

最近、百数十年経ったみごとな庄屋屋敷も、こわされてマンションにかわることになったという話をきいた。

私ども戦後日本人にとって、不便は、便利に抗しがたい。

そのことに歯止めをかけるのは、羯南とその同人のような思想と敢然たる行為以外にないが、言いやすく行いがたい。


この文章を書く気になったのは、たまたま手にした『新・新潟』という、文化の見直しという考え方が盛られた雑誌を読んだことによる。


雑誌に、伊藤文吉氏が語り手として登場している。

伊藤文吉氏は、新潟市の東郊にある豪農の末裔にうまれた。

終戦直後に同家を訪ねた若い進駐軍将校が、日本の封建制はよくない、といいつつも、

「それにしても、あまりに日本の文化は素晴らしい」

といったそうである。そのことから、伊藤さんの行動がはじまった。この人は自分の屋敷を所蔵の美術品とともに美術館として保存することにした。財団法人（北方文化博物館）の認可は終戦の翌年の二月で、戦後最初の私立美術館だった。

この四十余年のあいだに、多くの見学者が訪ねてきてくれた。そのなかに若いころドイツに留学した東山魁夷《ひがしやまかいい》画伯がいた。画伯は、

「ドイツの田舎に〝古い家のない町は思い出のない人間と同じである〟という諺があります」

という言葉をのこしてくれた。

またイギリス人のロータリークラブの会長は、自分は日本にきて近代的なホテルに泊まり、石油コンビナートや自動車のロボット工場を見せられてきたが、この〝伊藤家〟にきてやっと、

「自分の考えていた日本に会えた」

と、いった。

伊藤さんは、その写真をみると、思想的な風貌をもち、県の日米協会の副会長もつとめている。いわば世界にむかって〝日本文化の残存〟の一片を守っている。

読後、明治の羯南は、いまの時代ではこのような思想的実行者として存在してもいるのかと思った。

（一九九四〈平成六〉年七月四日）

108　古代・中世

中世とは、西欧でいうと封建の世のことで、日本でいえば鎌倉・室町・戦国の世になる。東西とも激情が支配した。

男でもときにひと前で号泣した。激情にまかせて、人をも殺した。自傷もあった。

鎌倉の北条政権が倒れるとき、京の長官（六波羅探題《ろくはらたんだい》）だった北条仲時らが、東帰すべく近江の番場《ばんば》まできたとき、敵にかこまれた。

仲時は、村のお堂に入って自刃した。堂前で、かれに従ってきた全員（四三二人）が、いっせいに腹を切った。仲時に徳があったわけではなく、ひとびとは慣習として――感情と倫理の処理法として――自死したのである。

近代に近づくにつれ、人は哭《な》かなくなる。むろん人間の悲しみに古今《ここん》があるわけでない。

ただ近世も現代も悲しみ方が、多様になった。

誇大な表現も、通用しなくなった。

たとえば、江戸時代、俳句が興った。詩でありながら、水は水のように、石は石のように、その本質を表現しようとした。

さかんな商品経済が、人間を、近世・近現代人に変えたのである。

「この酒は、まずい」

と、江戸落語の登場人物が言う。江戸は、地《じ》の酒がまずかった。ときに登場人物が、

「旦那、いい酒ですね」

とほめるのは、はるかに摂津の西宮湊《にしのみやみなと》から樽廻船《たるかいせん》で運ばれてきた灘《なだ》の酒だった。万人が、ごく自然に商品のめききになっていた。

物事についても、また人についても、商品のように他者を計量計測できるようになった。

北朝鮮報道のなかで、金正日書記をたたえる表現が出てくる。もし江戸時代の人々が、

「この人は、偉大です」

といわれても、容易に信じないだろう。

また現代のブロードウェイの寄席で、一人の人物を、

「この人は、世界の革命的人民に対して絶対的な権威をもつ絶世の偉人です」という表現で紹介したりすれば、まちがいなく喜劇が開幕する。


もっとも、歴史は一筋縄《ひとすじなわ》でいかない。

古代的なものが、近現代にまぎれこむことが、多い。

幕末の革命期には、すでに商品経済が爛熟していたのに、革命家たちは〝尊王攘夷〟という中国の古い思想によって言論を構成し、それをもって起爆剤とした。明治後は、口をぬぐっていわなかった。

太平洋戦争中の言論もそうだった。擬似的古代の思想がさかんに演出され、ひとびとの理性を麻痺《まひ》させた。


教祖崇拝は、現代にもむろん存在する。

江戸時代はこの種の現象を幕府や藩がきらい、〝妖言〟をなすとして、小まめにつぶした。

呪術的な新興宗教の出現は、むしろ明治後である。

現代というのは、多様で、ホラー映画もあり、超能力者もいる。りっぱな人が、教祖に随順してもいる。

ひょっとすると、人によっては、計量的な社会に堪えかね、いっそ古代返りをしたいという芸術的願望（?）をおこすのかもしれない。しかし、決して現代をこわすほどの力にはならない。それほど現代というのは、堅牢である。

それやこれやを思いつつ、現代のなかのふしぎな情景として、北朝鮮をながめている。これは中世なのか、それとも古代なのか。さらにいえば、全員がそのように演技しているのか。

もし演技しているとすれば、いつかは現代に帰還してくる。そのとき、帰還者がすべておだやかで流血もなければ、どんなにいいだろう。

（一九九四〈平成六〉年八月一日）

109　黄金のような単純

ミセス小林の絵葉書をうけとった。ヨーロッパの景色のなかに立っていて、贅肉がなく、小気味がいい。

彼女は、つねに群れず頼らず、そのくせいつもひとびとの中にいる。この絵葉書のなかでは一人ぼっちだが。

この人ほど、縁辺《よるべ》の薄さを感じさせない人もめずらしい。熊本から出てきて、京都の学校で国文学を学んだころ、すでに両親はなかったと記憶している。

戦後、結核を病み、療養所に入った。リズミカルな活力があって、同室の患者たちを明るくした。

言葉の区切りがみじかく、早口で、木っ端《こば》が飛びちるように喋る。とくに愛にみちた人物描写が、おもしろい。

また咀嚼《そしやく》力《りよく》がよくて、少々難解な哲学書も、独特の自家製方言で嚙みくだいてしまう。

早くに、未亡人になった。ざっと三十年前、ひとに頼まれて、京都にくる留学生の世話をし、半生そのしごとをした。冒頭の〝ミセス小林〟というのは、京都の留学生会館の古いOBたちの呼びならわしである。

「小林さんは、ふしぎですね」

彼女は、地《じ》で生まれたように英語を話す。理由をきくと、「そんなに?」とはじめて気づいたようだった。三十年も前のやりとりである。

どうやら、女学校という制度名の時代に、熊本における新教のミッションスクールを出たこととかかわりがある。

院長、英語担当、それに音楽担当の三人の先生が英語国民で、彼女はその三人とも大好きだった。

英語担当のミス・パッツは、発音記号をきびしく教え、ちがう音《おん》をゆるさなかった。彼女はこの先生が大好きだったから、一つの瓶から他の瓶へ水が移されるように発音が体に入った。

院長のマーサ・エカード嬢は膝関節炎のために歩き方がぎこちなく、その歩き方まで人格の一部になっていた。

ミス・エカードは日本語は十分ではなかったが、それでも式のとき、あのむずかしい「教育勅語」を（戦前のことである）朗誦した。

このひとは『聖書』を担当していた。

『聖書』はいまの口語訳でなく、流麗典雅な文語訳の時代で、その名文が、ミス・エカードの発音によって誦せられるたびに、小林さんは日本語の美しさをもあわせ知った。のちに国文科をえらんだことと、無関係でないらしい。

「小林さんはなぜクリスチャンでないの」

と、きいたことがある。

「私、アカンタレのくせに、女学院の当時はアンチクリスチャンだったんです」

その学校のころ、たれもが、たとえば星よ菫《すみれ》よというふうに洗礼をうけるのをみて気持がわるかった、という。

そのくせ、いまも文語訳の『聖書』を読む。

初期伝道者のパウロが、突如回心し、異邦人に福音を伝えるべくシリアへゆき、何度もエーゲ海沿岸へゆくくだりになると、必ず涙を流す。

ミス・エカードの薫陶は、文脈として彼女のなかに生きているのである。

京都で留学生たちの世話にあけくれているころ、彼女は私服の修道女みたいだった。

館長になってからは、寄付あつめや役所との交渉などで、いかにもつらそうだったが、それでもやりぬいた。代償として、体の調子がいつもよくなかった。

「もうゲームセットです」

といって、すべてをやめ、京都の住まいを売り、宝塚のシルバーマンションに住んだのは、六十のときである。最年少ということで、〝老人仲間〟の会長さんになった。人生の世話係のようなひとである。

ときに、ロンドン郊外を根拠地にして英国やヨーロッパ各地の学生を訪ねる。そのつど、共通の友人についての軽妙な人物評をもらしてくれるのである。

黄金のようにシンプルな生き方といっていい。

（一九九四〈平成六〉年九月六日）

110　世界の主題

新井白石は江戸中期の思想家で、儒学という古い学問の徒でありながら、独創的な人文科学的思考をする人でもあり、古代史、言語学の学者でもあった。周知のとおり、政治家でもある。

その自伝『折たく柴の記』は卓越した和文で書かれている。しかも秤《はかり》で物をはかるように、自己が客観的に計量され、江戸時代に住みながら近代人だったことがわかる。

「父にておはせし人」

という語法が、その冒頭にある。〝私の父は〟といえばすむところをこのように持ってまわっていうのは、どの国の言語にもないらしい。

この語法には、虚空《こくう》がある。

虚空は無数の縁によって万物を生む。この概念はキリスト教の神であってもよく、儒教の天であってもいい。

この語法の思想としての背景を考えてゆくと、虚空という名のあるじが、白石にその父をあたえたかのように思えてくる。

以下、虚空についてふれる。

虚空が万物を生むならば、白石も、たとえば私もルワンダにうまれてもよく、中国奥地の全盲者としてうまれてもいい。また日本国で幼時に交通事故に遭って身障者として育っても、すこしのふしぎもない。

日本における人道の感覚は、白石の語法と同様、伝統としてこのあたりに根ざしているかと思える。

たとえば、江戸時代の法制における盲人救済のやり方が世界史のなかでもすぐれたものだったことが最近注目されはじめている。

おそらく江戸の盲人救済の思想的根底に〝ひとごとではない〟という仏教渡来以来の感覚が息づいていたのに相違ない。

〝因縁が一つちがえば自分もそうだ〟という〝他生《たしょう》の縁〟の感覚は、江戸時代人にとって日常のものだったことを思えばいい。

中国や朝鮮の儒教は、先祖代々無数の固有名詞の連鎖の最後の一環として自分があるとした。韓国には、幼時に、何百という先祖の名を暗誦させられた、という人もある。

これが、古代では文明思想だった。

「野蛮人は、四代前の先祖の名を知らない。華（文明）とのちがいである」

と、中国古典は、紀元前の匈奴《きょうど》の風についてそういう。

匈奴は、遊牧民であった。

文化人類学者で遊牧にあかるい国立民族学博物館教授の松原正毅《まつばらまさたけ》氏によると、現在のトルコの遊牧の現場では、自分の羊のむれと他人の羊たちとを、時と場所をきめて集団でかけあわせるという。優生学的な配慮である。

そういう知恵は農業社会より優《まさ》っていて、紀元前の匈奴にも、当然あったろう。四代前の先祖の名を知らなくても、べつな文明をもっていたはずなのである。

ついでながら、儒教を創始した孔子は、人智によってとらえがたい運命的なものを「天」とよんだ。天という言語も概念も遊牧社会からきたことは、こんにちでは論考され済みである。

むかしもいまも、遊牧社会では、天という虚空に対する尊崇がつよい。この思想にあっては、四代前の先祖はすでに天に溶けているのである。観念性の上では、歴代の先祖の名を憶えているより上等だといえなくはない。

計算の上手な人に、

「二千年前に二組の夫婦がいて、それぞれ男女二人ずつ生み、代々それをくりかえすと、いまの世界人口ほどになりますか」

とたずねた。

「とんでもない」

その人はいった。算術級数でゆくと、兆を何個も掛けたようなぼう大な人口になるという。

「すると、千年前だとしたらどうです。五百年前でもいいが」

この答えは、コンピューターをお持ちの人に、もし暇があればやってもらいたい。要するに私どもは、どこでどんな条件で生まれても、数学的にはふしぎでないといいたいのである。

以上は、人道的行為と人権擁護という、こんにちの世界の主題についてのことを頭におきつつ、考えてみた。キリスト教なら自明のことなのだが、われわれアジア人はそうはいかない。

日本の場合、古い思想の収納箱の底をかきさがしてみると、以上のような——近代では錆びついてしまったが——回路が出てきた。

人権擁護や奉仕、救援という政治や社会の思考にすこしはお役に立つかと思うが、結論のほうは、読者にゆだねたい。〝袖ふれあうも他生の縁〟とか、〝情《なさけ》は他人《ひと》のためならず〟というのは、日本思想の上では非常に重かったことばなのである。

（一九九四〈平成六〉年十月四日）

111　日本語の最近

ちかごろ、話されている日本語についての感想二、三。

耳にさわるのは、

「入れこむ」

という動詞である。テレビの画面でよく使われる。たとえば、「最近、釣りに入れこんでいます」というふうに、である。熱中する、という意味らしい。おそらく、

「入れあげる」

の誤用かとも思われる。入れあげるは、主として遊廓があったころの言葉で、なけなしのカネをその女郎ひとすじにつぎこむことをいう動詞だった。

「ここんとこ、なかの太夫《たゆう》に入れあげて、空《から》っけつだ」というふうに、職人のあいだでつかわれた。

一方、

かせたりするさまをいう。

「入れこむ」

は、旧軍隊の騎兵などでの方言だった。馬が厩舎《きゅうしゃ》で、騒ぐ。一頭だけが前脚をばたつかせたりするさまをいう。

転じて、人間があわてるさまをいう。

「タバコ屋の前であろうことか、借金とりに遭ったんだ。つい入れこんで、タバコ屋の娘をつかまえて、豆腐一丁くれ、というと、娘が笑いもせずに、豆腐屋さんなら筋向いですよ、と言やがった。おらァ、すっかり馬みてえに入れこんで」

だから、〃熱中する〃という意味ではない。

ここで、タバコ屋の娘が評判の美人だったとする。町内の若衆が日に二度も三度もタバコを買いにゆくさまのことを〃入れあげる〃というのである。

泡を食うほうの〃入れこむ〃は軍隊方言だから辞書にはない。小学館の『日本国語大辞典』のその項をひくと、「いれこみ」という名詞は、まったく別の意味である。

大正時代の鰻屋《うなぎや》などは、土間から畳敷きになっていた。客を、老若男女見さかいなしに入れる。つまり入れこむ。

「あの店は入れこみでね。話も何もできなかったよ」

当然ながら、熱中するという意味ではない。

「このキノコ、たべれますか」

も、気になる。むろん、正しくは、たべられますか。さらに入念にいうと、たべることができますか。それを、「たべれますか」といわれると、いかにも品下《しな》がる。

「あのう、このキップで、お芝居のほうも、観れますか」

「みれます」

なにやら浅はかではないか。


「まさに、政局は対決の段階です」

というときに、この副詞はじつに生きる。「まさにこの決戦は天王山です」というふうに、眼前の事態が、古典的事態もしくは古典的な名句（たとえばまさに千載一遇）にぴったりだ、というときに使われる。

「まさに私はハムレットの心境だ」

「まさにかれはドン・キホーテである」

羽田《は》孜《たつとむ》前首相が、多用した。

羽田さんは言語量の多い人である上に、政治的局面の劇的な頂点に立つときに、さかんに〝まさに〟をつかった。

その後、テレビに出演するたれかれが、べつに強調やメリハリを必要としない事態の場合でも、間投詞がわりに〝まさに〟をつかって、力《りき》んでみせた。

このおかげで言葉は感染するものだということがわかった。

さらにいうと、政治が大衆化し、政治家の口癖が感染する時代になったことを思わせた。まさに愉快、というべきかどうか。

政治家の口ぐせといえば、竹下登元首相の場合は、

「粛々《しゆくしゆく》と」

という古風な言葉を復活させた。あるいは頼山陽《らいさんよう》の詩からきているのかもしれない。上杉謙信の大軍が夜陰千曲《ちくま》川をわたる。全軍無言で、一糸みだれず、ただ鞭《むち》の音のみが粛々ときこえる。実行ということの重みが、粛々という擬声語（?）にこめられているのである。

ついでながら粛々は単に擬声語でなく、うやうやしくかしこむ、という意味も入っている。

竹下さんは、このことばを、世上の雑音にわずらわされずに必要なことを声高《こわだか》でなくひたすらにやるという意味につかった。

他の政治家も、ときにつかう。

英語を日常語としている国連の明石康さんまでが、カンボジアで、国連管理の選挙をやったとき、〝粛々とやります〟というふうに感染していたのが、なにやらおもしろかった。これも、政治の世界では、重宝な方言なのかもしれない。

（一九九四〈平成六〉年十一月七日）

112　二人の市長

都市にも、伝説がある。

「池上四郎さんはえらい」

と、母親がいう。子供は、なぜえらいの、ときく。

「関一《はじめ》さんをひっぱってきたから」

わかったような、わからないような話だが、戦前、そんなやりとりが、型としてあった。

池上も関もむかしの市長の名である。


明治維新で、大阪は陥没した。

江戸時代、大坂ほど幕府によって保護されていた都市はなかった。たとえば全国の米はいったん大坂に運ばれて堂島《どうじま》で市《いち》を立てねばならなかったし、他の重要商品についても、似たような特権が、幕府からあたえられていた。

いわば仕組みとして――あるいは規制として――金銀が大坂にあつまるようになってい

た。

維新後、それらの特権が消滅し、一時、人口まで激減した。

日露戦争のあと、近代工業の勃興や対アジア貿易ですこしは都市らしい活力が出てきた。

大正の世になる。

年号があらたまった翌年（一九一三）十月、市長になった池上四郎は、建物の密集地にすぎなかったこのまちを都市としてやり替えるべく、東京高商（現・一橋大学）教授の関一が京都にきていたのを訪ね、助役になってくれるように懇請した。

よほどの熱心さだったのか、関は、

「ホボ応諾ノ意ヲ洩シタリ」

と、その日記にいう。

大正三年、関は高級助役に就任し、後年、池上のあと市長になった年数をふくめると、ほぼ二十年、大阪という都市の仕立て替えにつくした。ついでながら経済学者としての関の専門は、いまふうにいうと、都市論だった。

関は、その専門を、論文でなく実践において展開したのである。たとえば、大正末年、都市の動脈ともいうべき幹線道路として御堂筋《みどうすじ》を建設した。当初、市会などで、

「飛行場でもつくるつもりか」

と、冷淡な声もあったという。それまでの御堂筋は、時代劇のロケでもできそうなほどに狭かった。

その御堂筋建設と並行して、その道路下に地下鉄を通した。さらにその道路の両側を、関の持論によって緑化した。

また大阪港を近代化した。はじめて下水道をつくった。

公設市場も設立した。いくつかの市民図書館も建てた。また学問の実用化を旨とする大学（大阪市立大学）を建設した。

重要なことは、関にとってベルギー留学以来の持論である人権の尊重が最初に市政に反映されたことであった。

死に上手でもあった。戦争の時代を見ることなく、昭和十年（一九三五）在任中、腸チブスで急逝した。六十一歳、葬儀にはその死をなげく市民が、八万人もあつまったという。

ふたりとも、大阪の出身ではなかった。

池上は本州最北端の青森県の下北半島の出である。

維新のあと、会津藩は一藩流罪のようなかたちで、下北半島にうつされた。池上は会津士族という負《ふ》のなかで幼少時代を送った。

関は、静岡県うまれで、旧幕臣の出である。

要するに、へんぺんたる郷土愛がこの二人にそうさせたのではなく、一個の都市を旧套《きゅうとう》から脱出させようという情熱だった。

関一は、こんにち学問の対象になり、いまも政策論を中心に研究されている。宮本憲一教授らの「関一研究会」で、この会から数年前、『関一日記』(東大出版会)というぶあつい本が出た。

いまその『日記』をながめつつ、昨今の政治と思いあわせ、今昔の政治のどこが変わったのか、不安になった。たしかにいえることは、池上も関も、尊敬されていたことである。関が病んだとき、平癒祈願をする市民が多かったという話が、生国魂《いくたま》神社に残っている。

(一九九四〈平成六〉年十二月五日)

113　戦前の日本人

韓国人のイム女史は、教養があって、あかるく、典雅でもある。戦前の上海うまれで
──古い話だが──上海の日本女学校に通学していた。

彼女は、日本にくると、千葉県在住の三十代の内山夫妻と、たがいに久闊《きゆうかつ》を叙《じよ》しあう。

三人は、一族のように仲がいい。

イム女史のご主人が倒産して、彼女がソウルで観光ガイドをしていたころに、内山さんと知りあったそうである。母子ほどの年齢のちがいがあるのに、その後、つきあいがつづいている。

「この人」

と、イムさんは、内山さんを指した。

「むかしの日本人みたいでしょう?」

それが懐かしい、という。いっておくが、こういう人間関係には、過去の両国のあいだの社会科学的問題は入りこみにくい。

私は、内山さんをしげしげと見た。

いかにも質実そうで、きまじめで、無口である。

「わかりました？」

と、イム女史は私の同意を得たがっているのだが、私にはわかりにくい。自分自身、むかしの日本人を二十二歳まで経験したのに、一九四五年までの日本人の平均的印象については、鈍感である。


隣国からは、よく見えるのだろう。これも二十年ばかり前、私より年上の在日朝鮮人のTさんが、

「どうも、両民族の外貌的なちがいは、ひたいにあるようですな。すくなくとも戦前の日本人には、ひたいに力があったように思う」

と、ほめて（？）くれた。これも、よくわからなかった。


決して、私は戦前をよしとしているのではない。ただ自分が子供のころの日本人は、外《そと》からみると、どんな貌《かお》だったかが、気になっているだけのことである。

いま、青木さんという人を、思いだしている。この人は、太平洋戦争のあと、そのままベトナムに居つづけた。二十年ほど前、浦島太郎のように日本に帰ってきた。

戦中は地上勤務の航空兵で、元陸軍曹長だった。

終戦のあとベトナム独立運動にまきこまれ、ベトナム人と寝食を共にした。その後、現地でお嫁さんをもらい、土着した。下関の人で、古風にいえば長州人である。

この人と、一夕食事を共にした。相撲の親方にいそうな風格の人で、大柄で快活で、よく笑った。

私と同年である。しかし、はるか上の世代のようにみえた。たとえば、私が子供のころに田畑や店先に多くいたおじさんの一人と話しているようだった。そういう典型が凍結されて、青木さんの風貌として保存されていた。

その青木さんは、たしかにひたいに力があった。

私が観念的にきめこんでいる戦前の平均的日本人というのは、職種にかかわらず職人型である。

律義でもある。自分の職分については責任感がつよく、寡黙でケレンがない。

情景としていうと、電車がガラ空きに空いていても、一隅をめざしてすわり、肩身《かたみ》を小さくして、ひざをそろえている。目だけは、よく光っている。

「いまの日本の平均的印象はどうでしょう」

と、イム女史にきいてみたが、彼女は笑って答えなかった。

きっと私をふくめて、ぜんたいに水っぽくなり、自我が大きくひろがっているわりには、責任感が稀薄そうにみえるのにちがいない。

ここまで書いて、内山さんのことを思いうかべてみた。

内山さんからむりに昔の日本人をひきだしてみると、巻きあげた時計のようでもあり、また約束の期日に間にあわせるべく夜なべ仕事をしているやや悲しげな表情の金属工のようにもみえる。

口説《くぜつ》は、あまりいわない。戦前のオトナの何割かは、日常、

「腹がへったな」

というぐらいのことしか、いわなかったような気がする。

（一九九五〈平成七〉年一月九日）

114　市民の尊厳

神戸の人は、神戸が好きだった。

「――あまりに好きで」

と、雑誌『神戸っ子』を編集している小泉美喜子さんが、いった。

「よそにお嫁に行っても、帰ってきます」

このユーモアに、私は大笑いした。十数年前のことである。

場所は、生田神社から、人家の密集した細い枝道を経て大通りに出るあたりで、ふりかえると、小泉さんは真顔だった。

「ほんとです」

この情景は、いまも私のいい思い出になっている。

神戸には、他都市にない気分があった。きわだって都市的な自由と下町的な人情とが、うまいぐあいに溶けあっていた。

日本の都市の多くは江戸時代の城下町から発展したが、神戸は例外的に、明治後の開港場から出発した。外国人居留地の自治制の伝統が、都市の精神や風習の主要成分になっているようにも思われた。

私の思い出のなかの神戸の一つは、坂である。

二十年ほど前、〃異人館〃に住む友人を訪ねるべく北野の坂をのぼった。のぼりながら、西洋人は丘に住むことを好み、日本人は伝統として低地に住む、としみじみおもった。日本では谷間や低湿地に水田農村が営まれたからである。

明治初年の居留地は低地の海岸通りにあったが、明治二十年代から居留地の西洋人たちは、北野などの高燥地をひらいて住んだ。

一方、神戸の低地では、明治初年から家内工業のマッチ製造が栄え、大正時代にはゴム工業が長田区などでおこった。

『義経』という作品を書いていたころ、一ノ谷合戦を調べるために、神戸を〃地形〃として歩いたことがある。

山系が、海岸にせまっている。その海ぎわの一筋の街道が、日本の東西をつらぬく頸動脈であることは、いまも当時もかわらない。

雄渾《ゆうこん》なほどに、単純な地形である。一たんは屋島に落ちた平家が、頽勢を挽回すべく、大挙この地に再上陸した。

平家の野戦築城は、この地形では、細長い袋の両端を閉じるだけでよかった。東は生田、西は一ノ谷に木戸を設け、平家はみずから袋の中に入り、源氏の軍勢を待った。

十年ほど前、神戸を知りたいと思い、陳舜臣さんに頼んで、じつに気分のいい集いにまじることができた。いまも終生の思い出になっている。

チョコレートのモロゾフさんが、陽気なアメリカ開拓者のように、たえず笑っていた。

モロゾフさんも、本来、ロシア革命の難民だった。幼いころ、両親とともに神戸にのがれてきた。

英国紳士そのもののような金井さんもそうだった。英国人を父とし、日本人を母として、ロシアのウラジオストックにうまれた。ロシアでの中学のころ、革命さわぎをのがれて、両親とともに神戸に来、この集いのころは、真珠会社の会長さんだった。

この一座で、華僑の徳望家の陳徳仁さんは、幼時、神戸で科挙の試験の受験勉強をさせられたという話をした。

「科挙の試験なんて、とっくに廃止されていたはずですが」

「だって、神戸には伝わっていなかったもの」

と、大笑いされた。

みな太平洋戦争の末期の空襲を経験されて、生き残った。全員が神戸が好きで、神戸という共和国がこの世にあるみたいだった。

この大都市に、災害が襲った。

私は、呆《ほう》けたように、連日報道まみれの暮らしをした。

感動しつづけたのは、ひとびとの表情だった。神戸だけでなく、西宮、芦屋など摂津の町々のひとたちをふくめ、たれもが人間の尊厳をうしなっていなかった。

暴動の気配もなく、罵る人もすくなく、扇動者も登場しなかった。たとえ登場しても、たれもが乗らなかったろう。

ひとびとは、家族をうしない、家はなく、途方に暮れつつも、他者をいたわったり、避難所でたすけあったりしていた。わずかな救援に対して、全身で感謝している人が圧倒的に多かった。

神戸は、よき時代の神戸を、モノとしては多く失った。

しかし、冒頭の小泉美喜子さんがいう神戸のユニークな市民の心は、この百難のなかで、かえって輝きを増したように思われた。神戸や阪神間、それに北淡町の人達は、えらかった。

（一九九五〈平成七〉年一月三十日）

115　渡辺銀行

日本国家がうまれて千数百年になる。昭和までじつにおだやかで、なにか恩寵があったとしかおもえないほどである。

が、昭和はちがう。

開幕早々の昭和二年（一九二七）の三月には、金融恐慌がはじまる。

すでに四年前の関東大震災による震災手形が、政府の財政をくるしめていた。また倒産寸前の企業が巷に満ち、さらには台湾銀行までつぶれるといううわさもあった。

昭和前期という悪魔に魅せられたような二十年間は、このようにしてはじまった。

以下の挿話は、日本史のいかなる項目をわすれても、わすれるべきでない。

東京都には、史跡として、

「渡辺銀行跡」

という碑があるだろうか。

渡辺銀行は、当時多かった東京の地方銀行の一つで、第一次大戦の好況期にふくらみ、その後、大震災と不況によって、不良債権をかかえ、四苦八苦していた。

いわでものことながら、銀行はひとの預金を企業に貸しつけて利を得る機能である。もし預金者が大挙銀行に押しかけて自分の預金をひきだしてしまえば、つぶれる。

渡辺銀行は、なんとか持ちこたえるべく、一時的に支払い停止をしようとした。預金者にとって、打撃になる。

同銀行の役員が大蔵省にその旨告げにきた。

その日が、昭和二年三月十四日である。

おりから、衆議院予算総会がひらかれていた。大蔵大臣の片岡直温《なおはる》が答弁に立ち、財政の困難と、倒産企業の救済策について、るる述べているときに、大蔵省の次官から、メモがまわされてきた。片岡蔵相はそれを読み、顔をあげて、

「今日の正午ごろ、渡辺銀行が破綻をしました」

といった。正確には休業なのだが、片岡蔵相は早合点した。

議場は騒然となった。

この失言が、昭和史を暗黒におとし入れたといっていい。渡辺銀行がつぶれたばかりか、全国津々浦々の銀行という銀行に取りつけさわぎがおこり、体力のよわい中堅以下の銀行

は、軒なみに潰滅した。庶民が預金をしていた銀行から、華族の銀行ともいわれた十五銀行まで休業した。

昭和は、多くの預金者の立場でいえば、無一文に近いところから、開幕した。

しかも、翌々年、アメリカでおこった「大恐慌」が、日本をふくむ世界をおおうのである。

いまとちがい、世界の一方に誕生早々のソ連があった。

この広大な面積と人口をもつ国だけが社会主義経済をとっていたために、「大恐慌」は及ばなかったとされた。

そのことが、世界に左翼思想がひろがる強烈な原因になった。

同時に、右翼も生んだ。左翼に反発してのことで、当然のことながら、明治時代には、そんなことばもない。

左翼への反発が、ドイツではナチスを生み、日本の場合、軍部を異常に政治化させた。軍部は、「大恐慌」の翌々年の昭和六年（一九三一）に、いわゆる満洲事変をおこす。

渡辺銀行の倒産からの昭和史は、異常つづきだった。浜口首相が狙撃され（昭和五年）、陸海軍将校らが首相官邸を襲い犬養毅首相を殺した（昭和七年）。また陸軍将校らが暴発して白昼、政府の要人たちを襲った（昭和十一年）。

異常が異常を加算するようにして、ついに大戦争をおこし、国そのものをうしなうのが、昭和前期史である。

事はすべて渡辺銀行の倒産から発している。時の片岡蔵相の答弁を読むと、「政府がこれを救済し、預金者を守らねばならない」という意味のことをのべているが、現実には救済できなかった。

経済の状況はいまと似ている。

あるいはどうちがうのか、専門家のわかりやすい比較をききたいものである。

（一九九五〈平成七〉年三月五日）

116 持《じ》衰《さい》

私は大阪府の生駒や金剛の山々のみえる野に住んでいる。震災こそまぬがれたが、情念のなかの震災は、日々心の深部でふるえつづけている。

小さなコーヒーショップをやっているIさんは、タバコを断った。好きなものを断つことで、被災者の苦しみが、億分ノ一グラムでも軽くなれば、という気持らしい。

三世紀の耶馬台国《やまたいこく》のころ、Iさんのような精神文化が、型としてあった。『魏志倭人伝』に、倭人は遠くへ航海するとき、船にジサイ（持衰）という巫《かんなぎ》を一人乗せる、というのである。

ジサイは、一身に苦難をひきうけるという理由から、髪はのび、衣服も垢《あか》まみれのまま、物忌《ものい》みをした。

Iさんの禁煙は、その古代の心を思わせる。

近所のUさんも、そうである。

この人は新聞社の管理職だが、合同慰霊祭までは床屋にゆかないということで、蓬頭《ほうとう》のままでいる。

ジサイという、辞書にも見当たらない古語を思い出したのは、Uさんのおかげである。会うごとに〃衰《さい》〃を加えている。

私の身辺だけで二人もいるから、日本じゅうに、どれだけ〃持衰〃がいるかわからない。


試みに、私も〃持衰〃の心になってみた。

すると、政府や県や市の首脳の胸ぐらをつかんで、

——対応が遅かったじゃないか。

などと、声高《こわだか》にののしる気分から、およそ遠いことに気づいた。

言いわすれたが、古代の〃持衰〃は、暴風雨がくると、日本武尊《やまとたけるのみこと》伝説のなかの弟《おと》橘媛《たちばなひめ》がそうしたように、型として海中に身を投ずる。

一説に、乗員が、寄ってたかって、〃持衰〃を海にほうりこんだという。〃持衰〃は、身を犠牲《にえ》にするために船中にいるのである。

日本は、英雄の国ではない。

アレクサンドロス大王やチンギス・ハーンを推戴し、その指令に従うという経験をもったことがない。

戦前の軍隊でもそうだった。欧米の歩兵は将官が部隊の先頭近くにいるが、日本の歩兵の場合、後方もしくは中どころにいた。源平時代にさかのぼっても、そうである。

行政組織もそうだった。

たとえば、江戸幕府は武権でありながら、意志決定はつねに遅く、いつも衆議主義で、例外なく突発事態にはおろおろした。

江戸幕府の徳川家康は、江戸に政府をひらくについて、息子の秀忠やその臣僚にまかせ、自分は駿府《すんぷ》（静岡市）に退き、基本方針として、

——組織は、三河の風のとおりにせよ。

と、指示した。家康がまだ三河の小大名だったころから、行政上の評議機関として数人の老中《ろうじゅう》を置き、その下に何人かの若年寄を置いて執行させた。

老中筆頭が、こんにちの首相にあたる。総体に、なまぬるい制度だった。

明治になってからの内閣制度も、首相一人に英雄的な大権限をもたせるというふうでは

なく、そのあたり、江戸時代に似ていなくもない。

〝持衰〟の気分になってみると、そのなまぬるさがよくわかる。首脳に英雄になれとは〝持衰〟はおもわない。ただ古来の風土としての誠実さだけをひたすらに期待するのである。

欧米からみると、制度としての日本は毛が三本足りない。が、〝持衰〟という古代人になってみると、その足りなさを狂おしく指摘するよりも、ありのままの政治と行政を〝持衰〟の祈りによって勇気づけ、はげますほかない。


（一九九五〈平成七〉年三月六日）

117　自集団中心主義《エスノセントリズム》

カナダのイヌイット（エスキモー）の人達は、氷原でうまれ、雪の家に住み、アザラシなど海獣を獲り、食べる。犬を従え、ときに太鼓の伴奏で歌い、かつ踊る。

かれらにとって、その氷原の暮らしこそ最良のものなのである。また自分たちの文化を世界一優良なものだと思っている。同時に異文化をきらい、ときに排除する。

服部四郎博士の『一言語学者の随想』（汲古書院）を読んでいて、そういう人間固有の感情のことを、アメリカの人類学では、エスノセントリズム（ethnocentrism）とよんでいることを知った。

辞書をひくと、

「自民族（自集団）中心主義」

とある。他民族の文化を低く見、ときに嫌悪する。

例としてイヌイットの場合をあげたにすぎない。

この感情は、すべての人類に共通のものであり、このおかげでヒトは原始以来、こんにちまで生きのびてくることができた。

ヒトは、世界のあらゆるところに住んでいる。寒帯にも熱帯にも住み、またその中間にも住み、あるいは砂漠にも、さらには雪原にも住んでいる。それを適応させているのが、それぞれの民族の文化なのである。衣食住のありようでもって、風土に適合させてきた。

「だから、われわれの民族が最高なんだ」

と、ヒトにそう思わせる根源が、エスノセントリズムである。

たとえば、イヌイットは、アザラシの脂身をたっぷり摂って寒気に耐える。もしかれらが、暖かいインドの地の菜食主義者の文化をまねすれば、死ぬ。エスノセントリズムのおかげで、そんなことにならずに済んできた。

エスノセントリズムは、そのように、個人にとっても民族にとっても哺育器の効用をもっている。

が、個人や社会が成熟すると、不要なものになる。

たとえば、個人の場合、青年になって家族を離れ、大学や職業社会に入ると、異文化を摂取しなければならない。社会の場合、明治の日本のように、国家ぐるみで異文化をとり入れる場合、エスノセントリズムは、心の底に押しこまれる。

それでも、エスノセントリズムは潜在的には息づいている。

たとえば、私は兵営という特殊な経験をした。

軍隊は、軍隊であるというただ一種類の原理で動いている。であ りながら、三ヵ月もたつと、自分の属する班に対し、特殊な、いわばエスニック（民族）に似た感情をもつようになったことを憶えている。自分の班が善良で、他の班が異民族のようにみえてくるのである。

（人間というのは、こういうものか）

と、わが心のありように驚いた。

いま思えば、それが、太古から遺伝子のように伝承してきたエスノセントリズムであった。

悪にもなる。

ときに凶悪きわまりないことを、良心の呵責なしにやってのけるのも、この自集団中心主義である。

ある新興宗教の場合、信者たちを社会からきり離して集団生活させる。その場合、それぞれのエスノセントリズムを刺激し、社会こそ敵であるという共同幻想を育てるのは、容易なことである。

エスノセントリズムには、目的はない。エスノセントリズムを再生産することにのみ目的がある。だから、他を攻撃する。そのことで、己の集団を結束させる。それをくりかえす。しかし、なにがおもしろいのか。

（一九九五〈平成七〉年四月四日）

118 自我の確立

動物には、自然の掟《おきて》として、自立という段階がある。

たとえば、タカの母親は、断崖の巣の中で育てたヒナを、成長の段階で蹴落とす。若タカは泡を食ったようにいったんは落ち、やがて弱い筋力ながらも羽ばたき、そのうち自分の餌場の谷をみつけて、高く舞う。

ヒトも、太古は自立が早かったろう。が、社会が進むにつれ、自立は微妙に遅れる。遅れてもいいが、しぞこねた場合、たとえばなまなましい宗教に自分そのものをゆだねてしまう。

ヒトの巣は、家族と学校である。近代社会になると学校の期間がじつにながく、自然界ならとっくに（個体によっては中学三年ごろに）自立しているのに、齢を食って、なお巣の中にいる。

自立できる筋力もあり、種の保存ができる性欲もあるのに、社会的訓練のおかげで、ことさらにあどけなく自分を作り成して、ヒナドリであるかのように、親の運んでくる餌を食べている。人間の偉大さのひとつである。

個人差として、遅くオトナになる型のほうが、知的受容がしやすい。秀才といわれる青少年は、たいていいしんからコドモっぽい。

一方、べつな少年は、生物としてひそかにオトナになっている。内々オトナであるぶんだけ、学業の受容能力をさまたげる。ときに劣等生のレッテルを貼られる。

話がかわるが、ヒトは成年もしくは老いはてても、自分の中にコドモを、多量に残している。日常、自分の中のオトナとコドモを、精妙な調節弁でもって、場面次第で使いわけて生きているのである。

「本日は、お日柄もよく……」

と、婚礼の席であいさつをしたり、国会で答弁したりするのは、その人のオトナの面である。

一方、すぐれた音楽を聴くのは、その人の精妙なコドモの面がうけもつ。

その音楽を作曲する人は、その人の中のコドモが、それをする。偉大なことに、恋愛もその人の中のコドモがうけもっている。ただし色恋沙汰は、その人のオトナがやる。

ここで、この主題の中の地下室に降りたい。

オトナになる――自立する――ことの厄介さは、自我の確立がともなわねばならないということである。

自我とは、自分自身の中心的な装置のことである。その人の肉体と精神を統御している中軸機関で、それさえ確立していれば、自分をタテ・ヨコからながめることができ、自分を他者のように笑うこともでき、さらには自分についてのいっさいの責任をも持つことができる。

年頃になれば、自立したい。

が、大学院の博士コースまでゆくほどに知的受容が旺盛でも、むしろその知的受容の多忙さにかまけて、うかつにも自我の確立が遅れる場合がある。外容はりっぱでも、中身が――自我が――空っぽのままでいる。時を経ると、じつにさびしく、心もとなくなる。

そういう自我の空白に、ときに自我に代わるものとして、なまなましい宗教が入ってくる場合がある。

厄介なのは、その宗教が自我の代用物になってしまうことである。自我の中に狐憑《っ》きのように棲《す》みついたその宗教が、自我に代わって思惟し、反省し、何かを志向し、何かに意欲をもつ。ついには、泥棒をせよ、ヒトを殺せ、とその代用自我が思惟すれば、そのように志向する。

解脱《げだつ》、忍辱《にんにく》などという先人が為しがたいとしたことも、日常の術語として反復されれば、術語が麻酔剤のような作用をして、あたかもそれをなしえたように、一種の人格演技ができるようになる。むろん、うそである。やがて本来の人格は、ぼろぼろになる。

自我の確立ばかりは、たとえ粗末でも、自分の手作りでやらねばならない。

（一九九五〈平成七〉年五月八日）

119 〝オウム〟の器具ども

〝オウム〟は、まず観念として人を大量に殺す。その上で、現実化する。おそろしいことに、無差別である。理由らしい理由もない。

人類の歴史で、これほど人間に対して冷やかな感情を共有して人を殺戮した集団はなかった。しかも、たれもが本来、常人だった。教祖をのぞいてだが。

その教義は、電気器具に似ている。

店先で商品でも買うように、

「解脱《げだつ》」

を買う。

解脱とは一般に、生きて煩悩から脱する――悟る――ことである。煩悩が生命そのものであるだけに、そこから解脱し、かつ他への慈悲をもち得た人は、伝説上の釈迦以外なかったとさえいえる。

近似値に近い悟り——自分だけの悟り——を持った人は歴史上すくなからずいた。それでも至難のことで、まして本物の悟りなど、不可能に近い。

でありながら、〃オウム〃ではわずかな修行で、おおぜいが悟ったという。禅もそうだが、ヨーガにもある段階で幻覚がおこる。この初期体験が、よき師をもたないと、修行者を狂わせる。冷酷な感覚が宿る。

古来の禅もまた解脱のための体系である。そのぶん毒があるといっていい。

ただ禅は、鎌倉以来、層々と文化を築いてきた。

道元の思想文学や、臨済五山の詩、室町時代の数寄屋普請、世界でもユニークな庭園、利休の茶道など、すべては禅的な理想境の表現なのである。文化になったぶんだけ、なま解脱による毒がうすれる。だから、禅はいいともいえる。

なま悟りの幻覚的な解脱は、異様としか言いようのない虚無感をうむ。他者がごみのように見える。

あるいは他者が眼前で苦しみ死のうとも無感動で、すべてが流転のなかの影絵のようにみえる。いわば、小悪魔のような段階がある。

〝オウム〟でいう解脱はそうだったらしい。

この集団では、電気洗濯機をまわすように、この種のなま解脱を大量生産しようとした。

つぎは、忍辱《にんにく》である。〝オウム〟ではこの仏教用語を多用した。

人は、少年期から生涯他からの侮辱をうけつづける。忍辱とは、そのことに耐え、怒らないことである。

このなしがたい徳目が、〝オウム〟にあっては術語化され、技術化され、自己催眠のように機能化された。いわば電気製品のスイッチを転ずるように〝忍辱〟をやる。たとえばテレビカメラの前では善人の顔になる。大量殺人を指揮しつづけてきたらしい人が、後ろめたさなどかけらもない善人の顔として登場する。

この集団では、しきりに救済といった。

救済の思想は釈迦当時の仏教にはない。

大乗仏教になって、その基本思想の一つになった。煩悩が生命である以上、人は、解脱しがたい。

大乗仏教では、それでも仏の側が救済してくれるという。その救済の仏の側のシンボルがたとえば観音さまや阿弥陀如来である。救済は大乗仏教の至高の観念といっていい。

〝オウム〟は小乗的解脱を言いつつ、大乗的な救済もいう。ただしこの集団では、救済という術語は、しばしば無差別殺人のことをさす。

つまりは、人間は業の果てとして存在している。その業を、個体個体を殺すことによって、親切にも切断してやるのだ、という。いかにも、なま解脱である。なま解脱による幻想、もしくは無感動的感覚が、このような始末になる。

〝オウム〟が製造したのは、電気器具的人間である。

解脱、忍辱、救済のどれかのボタンを押すと、手軽に構成員が反応する。洗濯機がまわって、〝解脱〟する。

しかもそれらの洗濯機たちは、〝空飛ぶ洗濯機〟になることも願望しているのである。その願望が信徒としてのエネルギーになり、共有され、思わぬことに洗濯機が、窃盗もし、拉致もする。

「救済しよう」

と、元兇がいえば、大量に〝救済〟をした。それが、大量殺人だった。

元兇のおぞましさについては、書く気もおこらない。

（一九九五〈平成七〉年六月五日）

120 恥の文化

私は日に一度、雑踏に出る。

駅前までゆき、バスに駆けこむ人や、買物帰りにコーヒーを飲む婦人や、戯れつつ歩道いっぱいに歩く小学生たちをみる。

その日はめがねを替える必要があって、小阪駅というべつの駅前に行った。

ここの商店街は、大正の景気のいいころにひらかれたそうである。

創業者の多くは、他からきた。

たとえば書店の栗林さんははるかな仙台の人で、昭和のはじめごろ救世軍士官として大阪にきたのが縁で、ここで本屋をひらいた。

「栗林さんは、志のある人でした」

と、近所の古い女子大の国文学の教授だった安田章生《やすだあやお》氏がいったことがある。その教授も亡くなり、当の栗林さんの姿も、ちかごろ見ない。

めがね屋さんに寄った。

いまのあるじは、検眼に練達した次男坊で、創業の老人はべつに住んでいる。

この日、たまたま入って来られて、その音吐の大きさと、歯切れのいい口跡《こうせき》のために、店先が演劇の舞台のようになった。八十五歳である。

この人は、元来東京の人である。昭和七年にここにきて、店をひらいた。

先日、この人はひさしぶりで墓の修復のために上京した。親類縁者や旧知を訪ねてまわるうち、ある家で岩崎弥太郎（三菱の創業者）の借金の証文というのをみせてもらった、という。

「めずらしいものでした」

その話のつづきはあとできくとして、私はめがねができあがるまでのあいだ、駅前のコーヒー店に入った。

ここも、内装をめったに変えない。十年一日のようにおだやかな中年の婦人が、コーヒーをいれ、見なれた女性が、席まで運んでくれる。

この店で、懇意の質屋さんにときどき会う。

奈良県の百済《くだら》の人である。

広陵町百済というのは名邑で、古代の一時期、天皇の宮居が営まれたこともあり、また明治以来、どういうわけか大阪での質屋さんを多く輩出した村でもある。

大阪の質の業界では、

「大和の百済のうまれ」

というだけで、信用がある。先人たちの余徳といっていい。

このYさんは、べつの駅前の質屋さんと、毎日、時間をきめてお茶をのむ。いい景色である。

質屋さんは孤独な稼業だから、気の合う同業者と毎日お茶をのむだけで、たがいに孤立感からまぬがれる。情報の交換もできる。

この日は、時間がちがうのか、Yさんたちはきていなかった。

めがねは、できていた。

ご隠居がまだ店さきで待ってくれていて、東京での話をつづけた。菩提寺の住職に会い、お布施をつつんだ。

「五万円、つつみました」

ところが、当のお寺さんはそれが不満で、二十万円以上はほしいということを、ご隠居へじかには言わず、石屋にいわせた。ご隠居は仰天した。

「お寺さんというのはお金のことをいわないもんだと子供のころからそう思いこんできたもんですから、肝《きも》をつぶして」

むろん、以前のお寺さんもお金は欲しかったろうが、それでは人に笑われると思い、むかしは我慢してきたのである。

福沢諭吉の「瘦我慢《やせがまん》の説」のように、むかしは富貴を得て笑われるよりも、貧に耐えるのがふつうだった。

日本にキリスト教倫理観が風土のなかにないのは残念だが、その代用として、人に笑われまい、という内的規制の共有によって、千年以上も社会が保たれてきた。

「で、岩崎弥太郎の借金証文は？」

と、私はきいた。

「すばらしいものでした。貸したのは旧大名家ですが、当の岩崎さんは証文のなかにいついつに返済する、と書き、もしこのことに違《たが》えば、お笑いください、とあるのみなんです」

お笑い下さい、というのは、明治以前の証文の一つの型だった。その型が、明治以後、日本に近代資本主義を興した弥太郎のなかにも、ひきつがれていたことが、おもしろさの第一である。

おもしろさの第二は、いまの日本のことである。唯一の民族資産である恥の文化がどれほど薄れてきたかについては、読者のほうが知っている。

（一九九五〈平成七〉年七月三日）

121 自由という日本語

長州の吉田松陰は、二十九年の短い生涯ながら、多くの文章を残した。その死のとし（一八五九〈安政六〉年）の春、書簡のなかで、

「フレーヘード（自由）」

というオランダ語をつかい、激情を発している。自由という訳語がまだなかった。

ときに、松陰にとって時勢は閉塞《へいそく》状況にあり、幕府も諸大名も頼むに足りない、とし、かくなる上は、

「那波列翁を起してフレーヘードを唱へねば腹悶医《いや》し難《がた》し」

というのである。

ついでながら、当時、西洋史の知識が一般的に乏しく、フランス革命はナポレオンがやったと思われていた。ともかくも、自由というのは、おそろしい語感だった。

この稿は、ことばについて書こうとしている。

自由ということばは明治後、一般化した。

大いに使われるのは明治十年の西南戦争のあとからで、薩長が〝攘夷〟をてこにして明治維新を興したように、反政府運動者たちは、藩閥政府をゆさぶる上でこのおそろしいことばをつかった。やがて自由民権の声は、津々浦々に満ちた。

明治十三年（一八八〇）には、自由を党名にした在野団体までできた。松陰の書簡から二十一年後である。自由党の目標は憲法を制定して国会を設けよ、というものだった。

その団体の幹部の一人に、福島県の土豪出身の河野《こうの》広中《ひろなか》がいた。

かれが自由ということばを知るのは、明治五年刊の旧幕臣中村正直訳『自由之理』によるものだった。

河野は、自由という言葉に灼熱《しゃくねつ》したものを感じつつも、その意味が十分にはわからなかったと正直に述懐している。

以後、日本語では自由という語は、自由という訳一つでやってきた。

辞書ふうにいうと、おなじ自由がもつフリーダムは精神的要素がつよく、リバティは政治的なひびきがつよいという。圧政をはねかえして自由を得るほうの自由は、リバティが多くつかわれるそうである。

自由にちなむ語は、もう一つある。

「リベラル」

で、これには訳語さえない。

多分に政治的なことばながら、明治の政界では使われた形跡がない。

むしろ文学の分野でつかわれた。たとえば、森鷗外が『青年』のなかで、「自然主義をお座敷向きにしようとするリベラルな流儀」と書いている。自然主義というのは、当時の文学形態である。その粗野な露悪趣味を上品に見せかけるという意味で、鷗外はいわばお化粧というほどの語感でリベラルをつかった。

昭和八年に『三田文学』に連載されはじめた石坂洋次郎の『若い人』では、リベラリズムは負《ふ》の意味で用いられていて、わかりやすい。進歩的でありつつも「煮え切らない」思想的態度をさす。

戦後、リベラルは日本ではプラスの意味でつかわれてきた。

ただし、この語は、本質的には旦那衆の側の美徳である。

たとえば、昔の地主で、小作人の立場がよくわかる人を、あの人はリベラルだ、という。

「リベラルな小作人」

という使い方は、ことばとしておかしい。小作人は、リバティかフリーダムを叫ぶべきなのである。

卑俗な例でいうと、年頃の娘が朝帰りした。父親としては大目玉を食らわすべきだが、〝リベラルな父親〟を演出する場合、

「二十をすぎたんだから、自分に責任をもたないとね」

と、いったりする。

思いやりがあって物分かりがいい、ということばながら、あくまでも父親の側の言葉なのである。

政治におけるリベラルは、語感として寛容が入る。

ただし、寛容だけでは力を生みにくく、正邪に鈍感になる。その上、行動に力づよさを欠き、ときにいかがわしく見える。

リベラルというのは、言葉としてすばらしいのだが、政治的態度となるとじつにむずかしそうである。

（一九九五〈平成七〉年九月四日）

122　なま、なま解脱

仏教の基本は、森羅万象も人のいのちも空や無のなかにある、という。空も無も、えらそうな漢字だが、要するに数字のゼロのことである。ゼロの発見には諸説があるが、それを使いこなしたのは古代インド人だった。古代インド人は、風変わりだった。ゼロをひねくりまわしているうちに、ゼロこそ世界そのものだと思うようになった。

つまり、キリスト教の神に相当するものがゼロであると考えた。ゼロには、巨大（あるいは極微）な数字がプラスとしてそこに入りつつ、同数のマイナスの数字も入っている。生命がうまれ（プラス）、寂滅《じゃくめつ》する（マイナス）という間断なき働きこそ、ゼロから出ているのだと考え、そう考えることが楽しい（為楽《いらく》）とした。たとえば、浄瑠璃の『曾根崎心中』のなかで、心中への道行《みちゆき》の途中、鐘が鳴る。「じゃくめつゐらくとひびくなり」と近松門左衛門が書くように、日本の江戸後期には慣用句にまでなっていたことがわかる。

阿弥陀如来も大日如来も、ゼロの象徴なのである。つまり、われわれはゼロを信じてきた。

「信心」

というのは、四、五世紀以来、大乗仏教によってはじまるが、それまでの仏教は、解脱《げだつ》だった。解脱は、常人にはなしがたい。おそらく伝説の釈迦以外、解脱をなしとげた人はいないのではないか。

「わが身がそのままゼロになる」

という境地をめざすのが、解脱への修行である。

十三世紀以来の日本の禅もそうである。

インドでは、いまはすたれたが、ヨーガをすることで解脱をめざす派があった。

オウム真理教は、そのへんを悪《あ》しくとり入れた。

日本の新興宗教で解脱をめざすなどはめずらしかった。昆虫学者が珍種の昆虫をよろこぶように、一、二の宗教学者が関心を示したのも、むりはない。

ナマ身の人間が解脱できるなど、あり得ることではない。

だが、幻覚はある。

禅やヨーガの修行をするうちに、にわかに光明を見たり、爽快な気分になったりする。

それは悟り（解脱）ではなく、禅では魔境とされてきた。それを錯覚させないように禅宗各派には、お師家《しけ》さんという練達の指導者がいるのである。

オウムの凶悪なところは、古来いわれてきたこの魔境を利用したところにある。人間がやる悪として、これほどの悪はない。

健康な歯を抜けば、その歯はふたたびもとに戻せない。オウムの出家者たちは、職をすて、財産を献上し、抜歯された歯のようになって施設にいる。そのことじたいが、人として異常である。

入信の動機は、仮想の世界滅亡を信じ、自分だけまぬがれるためだったという。帰るべき社会を捨てているために、修行しかない。

当然、魔境に早く達する。そういう魔境では自我が薄れ、恍惚《こうこつ》だけがある。マインドコントロールされやすい。

なま解脱のために俗心は濃く残っている。

「えらい位階を与える」

といわれれば、気勢《きお》いたってしまう。

「人を殺せ」

といわれればやる。なま解脱では、万人がもつとされる惻隠《そくいん》の情——他者への思いやり——が、こそげおとされる。

なま解脱の魔境では、世界は空で他人のいのちも空だ、と思いこむ。酷薄になり、残忍になる。

でなければ、たとえば、深夜、他人の家に忍びこみ、若くて幸福そうな夫婦を殺し、その小さな息子まで扼殺するということが、出来るものではない。

しかもかれらは、異常性格者ではなく、どこからみても常人で、この奇妙な心理操作の団体にさえ入らなければ、この世を大過なく送れたはずの人達なのである。

オウムではなま解脱が個々にまかせていては追っつかないために、薬物をつかって幻覚を見させた。いわば大量になま解脱を製造した。それぞれの自我は、損壊された。そのあと、かれらは、一命のもと、社会への犯罪に打って出た。

その後の凄惨さにはことばもない。

（一九九五〈平成七〉年十月二日）

123　マクラ西瓜

私は頑健ではない。小食だし、疲れやすく、積極的体力もない。ただ七十年、病気からまぬがれていたことだけが、めっけものだった。

ところが天は公平で、去年の秋、坐骨神経痛にとりつかれ、左脚に火箸を突っこまれるような痛みがつづいて、心身ともに消耗した。

治療法もないから、一時はただ寝ていた。近所の原元造先生の往診をうけたとき、すこしお動きにならないと、とやさしくいわれた。

「動いてこそ人間ですから」

ある日、勇を鼓して、駅前まで歩いてみた。六百メートル歩き、倒れこむようにして喫茶店に入り、コーヒーを注文した。そのうち激痛に耐えられなくなり、店を出た。

帰路、何度も佇《たたず》んだ。途中、おもちゃ専門のスーパーがあって、そこに石段がある。その石段に腰をおろした。頭を垂れていると、上下する人達の靴だけがみえた。物乞いしているような格好だった。

終始ついてきてくれた家内が、車をもっている近所の奥さんに連絡しにゆき、やがてその奥さんが車で迎えにきてくれた。奥さんの若さが——四十七だが——わが身にひきかえ、かがやいてみえた。その車で、わずか二百メートルの距離を、家まで輸送してもらった。

おかげで、人の痛みがわかるようになった。

二十一歳のころ、知りあったO君のことが、毎日思い出された。

（O君は、痛かったろう）

と、きのうのことのように、その動作、表情、声がよみがえった。O君は、よく耐えた。おかげで、七十歳を越えた私が、二十一歳のO君に毎日励まされているみたいな日々だった。

O君は当時、東京美術学校（現・東京芸大）の彫刻科の学生で、私どもと同様、学業途中で兵役にとられ、〝満洲〟の兵舎で私とベッドをならべていた。

かれは命令によって、終日寝ていた。私がその仰臥図を描くと、ほっほっほっと笑い、

「ふしぎな線だねえ」

と、ほめようもない下手な絵を、そんなふうにいってくれた。その声は人柄どおりまるくて柔らかで、その後、あんなに感じのいい声をもった人には、一人か二人しか出会って

いない。

O君は北海道旭川の人で、たれがみても、才能を感じさせた。もしこの青年が、時の美術思想に惑わされることなく、その声そのままの彫刻をつくったとすれば、不滅の作品を残したのに相違ない。

ただ戦争と戦後の混乱が、O君から、才能にとっていちばん大切な時期をうばい、その後、会社勤めをさせてしまった。

つぎは、西瓜の話である。

愛媛県宇和島のみかん農家の一人息子のY君は、まだ未婚の青年である。大学受験の年齢のときに、父をうしなった。

「みかん山を売って、大学にゆかせたほうがいい」

と、親戚でいう人もいたが、母親が、「お父ちゃんが苦労してつくったみかん山ですから」とゆずらず、結局、Y君は農家をつぐことにした。

ただ母親に頼んで、青果市場につとめることにした。市場のしごとが大好きだった。

この人は二十歳のころに腰を痛め、坐骨神経痛を持病にもっている。それが出ると、市場を休む。

休んだぶん、よく働いた。市場の仕事は、なかば力仕事である。かごに入れた青果を運ぶ。二、三年で体つきが大きくなった。

市場で、青果を商品としてみる目ができた。理想的な西瓜をつくってみようと思い、一《ひと》苗《なえ》だけ休耕田に植えた。

丹精のおかげで、みごとなマクラ西瓜ができた。

その楕円《だえん》形の西瓜が、農業後継者賞を受賞したのである。

そのY君の話に、私はすこし甘い。私は子供のころ、母親に楕円形の西瓜を買ってほしいとねだると、「あれは病院にお見舞いにゆくときの西瓜だから」と、うまくあきらめさせられた。以後、縁がなくて食べたことがない。

「あれを作ったのか」

と、感激のあまり、Y君への反応が、つい過剰になった。その上、Y君は、同病なのである。

「坐骨神経痛というのは、なおるものでしょうか」

と、Y君がいう。私は必ずなおる、と答えておいた。なぜなら、O君の場合、その後どこへ行ったのか、消えてしまったそうなのである。


（一九九五〈平成七〉年十一月六日）

124

人間の風韻

樋口敬二《ひぐちけいじ》教授の半生は、一貫している。暖地の京都にうまれながら、雪にあこがれ、北海道大学に入り、雪博士の中谷宇吉郎《なかやうきちろう》（一九〇〇〜六二）に就いた。

系譜ふうにいうと、漱石門下の実験物理学者寺田寅彦にさかのぼることができる。

寅彦の弟子中谷宇吉郎博士は、当初理論物理学を志した。在学中関東大震災に遭い、実験物理学に転じ、寅彦の研究室に入った。

宇吉郎はのち北大で雪や低温の研究をして世界に知られた。かつ師の寅彦に似て科学文学ともいうべき随筆の名編を多くのこした人でもある。

樋口敬二さんはそれらを継承し、名古屋大学において雪渓、氷河、永久凍土などの研究をし、さらにはこの系譜の人らしく文章をもって雪の利用法などを提唱してきた。

話がかわるが、私は標高三、四千メートルのモンゴル高原の夏雲のうつくしさに感動した文章を書いたことがある。しかし海から遠いあの高原に、たれが雲をつくるのか、よくわからなかった。

「あれは地下の永久凍土が蒸発して、空に雲を浮かばせているのです」

と、立話しながらあざやかに教えてくれたのは、この人だった。

草原は、薄く硬い表土でおおわれている。その下の永久凍土が、真夏の陽にさそいだされて水蒸気になり、夏雲になる。ときに雨を降らす。

北アジアの生命たちにとって、地下の永久凍土は神のような力をもっているのである。

その樋口敬二さんも、程よく老いられた。

若いころ、中谷教授に命ぜられ、雪で有名な青森県の八甲田山《はっこうださん》の積雪量の調査をしたころのことを思いだされ、手紙を頂戴した。

四十三年前の昭和二十七年のことである。大学の卒業研究のために、敬二青年は雪の八甲田山に籠った。

五月、一段落して、はるかに下界へ降りた。

山がつのようなかっこうだった。青森市の目抜き通りへ出、県の物産館でジャムを買い、売り子の娘さんに、

「このへんに、うまいコーヒーを飲ませるところはありませんか」

と問うと、その答えが背後から返ってきた。見ると、品のいい老人が立っていた。

「私もこれから行くところです。よかったら案内しましょう」

途中、敬二青年は老人に、「なにをなさっておられるのですか」ときいた。

「この辺で、ボチボチやっています」

老人は答え、やがて店に入って、二人でコーヒーを飲んだ。

青年は見知らぬ人におごられることをおそれ、気をもんでいたが、老人はひとしきり俳句の話などをしたあと、勘定書をとって手洗いに立った。

たまりかねて敬二青年は隣席の客に、「あの方はどなたですか」とそっとたずねた。

「津島知事さんです」

太宰治の長兄で、長者の風があるといわれた津島文治翁（一八九八〜一九七三）である。戦後の最初の民選知事だった。

以上、ただそれだけの話である。

「この辺で、ボチボチやっています」

とは、言葉というより、人間の風韻が鳴る音なのである。いまの世にこういう風韻をもつ人がどれだけいるかと思えば、心もとない。


（一九九五〈平成七〉年十二月四日）

125　若さと老いと

正月だから、古来の日本人の感受性についてふれたい。

日本における老若の神聖感のことである。

なにが老いているといっても、奈良盆地のあちこちに在《おわ》す仏たちほど、老い寂びているものはない。天平《てんぴょう》のむかしは金色燦然としていたり、極彩色であったりしたものが、千年の風霜をへて剝落し、寂びのきわみのまま堂塔のなかにおわす。

それを塗りなおすことは、決してしない。剝落に風化の美しさを見出しているのである。多弁にいえば、極彩色のころのなまなましい具象性よりも、風化したあとの象徴性のほうに日本人は神聖感を感じている。

「私には、そこがわからない」

と、ベトナムの信心深い女性にいわれたことがある。仏様に失礼じゃありませんか、鍍金《メッキ》も青や赤の塗料もぼろぼろのままにしては、それとも日本人は信仰心が薄いのかな、と彼女がいった。

「ボクは反対に、ベトナムの仏様がわからない」

と、私はいった。

いまはホーチミン市とよばれるサイゴンで、高名な僧の説経会に行ったことがある。壇には、半裸で肌色に塗られたマネキン人形そのままのお釈迦様がまつられていた。仏が蝋人形的リアリズムで表現されてこそひとびとに崇敬心をおこさせるとあれば、自分もおなじアジア人ながら、そういうアジア人からほど遠い。

サイゴンは古い街で、中国系の人も多く住み、清朝時代の道教の観《かん》もあった。中国人の感覚は、一般的に具象的である。道教における天界の説明には、地上の皇帝制や官僚制がそのまま反映していて、抽象性や象徴性がすくない。神々の像も、明朝あたりの大官の官服を着、ひげをはやし、鼻毛まではやしていた。それら等身大の彩色像が所せましとひしめくなまなましさは、気味がわるいほどだった。

一方、若さについてである。日本では、神々は若さをよろこぶ。大阪府の泉南地方の岸和田あたりのダンジリ曳きは、毎年大小の事故を出しつつも、神事であるためにその乱暴さをやめない。

おおぜいの若衆がダンジリを曳き、走らせ、直角にまがり、いわば若々しく荒ぶる。ダンジリの屋根にまたがる若者は、命がけである。あわや落ちるかという場所で身を躍如とさせている。このふるまいを、醜《しこ》るという。古語であり、方言でもある。醜るとは、若者がいっそうに若さ——強さ、頑丈さ——を神に見せるために危険を冒してふるまうことをいう。

相撲の四股《しこ》を踏むということばも、本来は醜である。四股は当て字である。勝負を前にし、神に対して醜ぶってみせる儀式である。

神道は若さをよろこぶために、とくに風化をよろこぶということはない。日本人の自然に対する畏敬がそのまま凝って神道になったといえる。従って、教祖も教義もない。強いていえば、清浄というだけのことである。任意の場所を浄めてきよらかに斎《いっ》きさえすれば、そこに神が生《あ》れる。

伊勢神宮は二十年ごとに建てかえられるが、式年遷宮早々の檜の木肌のわかわかしさは、乙女の肌の血潮をおもわせるようで、若さの神聖とはこのことかと思ったりする。

正月には、門ごとに若松をたてる。

水も、若くなっている。とくに元旦に最初に汲んだ水は、年のはじめの水であるために特別に若く、であるために神聖で、いかなる利害の意味もつけずに、ただ尊いがために寿《ことほ》いで飲む。

一方で若さを寿ぎ、一方で古き仏たちの古寂びを尊ぶという二つの感情は、論理として統一されることがなく、たれのなかにも同居している。その無統一が、根源として日本人の活力をつくっているると考えていい。

（一九九六〈平成八〉年一月八日）

126　日本に明日をつくるために

この世には、わからぬ事が多い。

私の仕事は、古い書籍にかこまれていなければ、常住、不自由する。

このため、東京オリンピックのあった昭和三十九年（一九六四）に、大阪の西区のアパートから、地価の安い東郊の外れに越してきた。

早くいえば場末で、大阪市内であふれ出た家並みの東限になる。乱雑に家屋や木造アパートが建ちつつあった。

それらの低い建物にかこまれて、半段ほどの青ネギの畑があった。

ときどき耕すとも見まわるともつかぬ態度で、老農婦が姿をみせる。

このひとは、法的に農地から宅地に転用されるまでのあいだ、青ネギを植えているのである。

宅地に転用されれば、坪八万円になるという。

法的には、体裁として栽培している。あるいは、擬態として。さらにいえば半段の農地が大金を生みだすための時間待ちとして、一本五円ほどの青ネギをうえているのである。日本史上、はじめて現出したこの珍事象には、いままでの農業経済論も通用せず、労働の価値論もあてはまらない。

労働のよろこびもなく、農民の誇りもない。

いかにえらい経済学者でも、この現象を、経済学的に説明することは、不可能にちがいない。

青ネギが成長するころ、その農地は大願成就して、木造二階建アパートになり、そのころには、坪数十万円ぐらいになっていた。いかなる荒唐無稽な神話や民話でも、この現象の荒唐性には、およばない。これをもって経済現象といえるだろうか。

日本じゅうが、そのようになっていた。

物価の本をみると、銀座の「三愛」付近の地価は、右の青ネギ畑の翌年の昭和四十年に一坪四百五十万円だったものが、わずか二十二年後の昭和六十二年には、一億五千万円に高騰していた。

坪一億五千万円の地面を買って、食堂をやろうが何をしようが、経済的にひきあうはずがないのである。とりあえず買う。一年も所有すればまた騰《あが》り、売る。

こんなものが、資本主義であろうはずがない。資本主義はモノを作って、拡大再生産のために原価より多少利をつけて売るのが、大原則である。

その大原則のもとで、いわば資本主義はその大原則をまもってつねに筋肉質でなければならず、でなければ亡ぶか、単に水ぶくれになってしまう。さらには、人の心を荒廃させてしまう。

こういう予兆があって、やがてバブルの時代がきた。

日本経済は——とくに金融界が——気がくるったように土地投機にむかった。

どの政党も、この奔馬に対して、行手で大手をひろげて立ちはだかろうとはしなかった。

なにしろ、バブル的投機がいかに妖怪であっても、こまったことに、憲法が保証する経済行為なのである。

立法府も行政府も、法を規準としている以上、正面から立ちはだかるのは、立場上、やりにくかったのだろう。

しかし、たれもが、いかがわしさとうしろめたさを感じていたに相違ない。

そのうしろめたさとは、未熟ながらも倫理感といっていい。

日本国の国土は、国民が拠って立ってきた地面なのである。その地面を投機の対象にして物狂いするなどは、経済であるよりも、倫理の課題であるに相違ない。ただ、歯がみするほど口惜しいのは、

「日本国の地面は、精神の上において、公有という感情の上に立ったものだ」

という倫理書が、書物としてこの間、たれによってでも書かれなかったことである。たとえば、マックス・ウェーバーが一九〇五年に書いた『プロテスタンティズムの倫理と資本主義の精神』のような本が、土地論として日本の土地投機時代に書かれていたとすれば、いかに兇悍《きょうかん》のひとたちも、すこしは自省したにちがいなく、すくなくともそれが終息したいま、過去を検断するようすがになったにちがいない。

住専の問題がおこっている。

日本国にもはや明日がないようなこの事態に、せめて公的資金でそれを始末するのは当然なことである。

その始末の痛みを通じて、土地を無用にさわることがいかに悪であったかを――思想書を持たぬままながら――国民の一人一人が感じねばならない。でなければ、日本国に明日はない。

（一九九六〈平成八〉年二月十二日）

「風塵抄」二
『産経新聞』一九九一年十月〜一九九五年一月、三月〜七月、九月〜一九九六年二月に基本的に月一回、朝刊掲載。
『風塵抄』二　一九九六年五月　中央公論社刊

司馬さんの手紙

福島靖夫

『風塵抄』と福島靖夫さん

『風塵抄』が『産経新聞』に一九八六（昭和六十一）年五月に連載開始された当初から、福島靖夫さんはその担当記者だった。担当は、九六年二月の突然の最終回「日本に明日をつくるために」まで続いた。

福島靖夫さんは、一九四〇（昭和十五）年群馬県前橋市に生まれた。群馬県立前橋高校、京都大学教育学部を卒業、六三年産経新聞社に入社。社会部、夕刊フジ関西総局編集部、文化部部長、編集局次長などを歴任した。産経新聞編集局特別記者（局長待遇）であった一九九九（平成十一）年六月、死去。

「司馬さんの手紙」は、福島靖夫遺稿集『あした元気にな〜れ』（福島靖夫遺稿集出版委員会編集、一九九九年八月十五日発行）より転載した。

もうひとつの「風塵抄」
（司馬遼太郎氏死去にあたり）

司馬遼太郎さんが産経新聞の朝刊に連載してきた「風塵抄」は、この十二日に掲載された「日本に明日をつくるために」が最後となった。

原稿は掲載四日前の八日夜、届けられた。司馬さんは原稿執筆の遅れで担当者を心配させるようなことは絶対にしない人だったが、今回だけは違った。

「風塵抄」は毎月第一月曜日掲載と決まっていて、本来なら五日のはずだったのだが、高熱のためやむなく一週間延期された。カゼらしいということだった。このあと、いったん回復に向かったようにみえたのだが、週半ばになって再び高熱がぶり返した。

八日夕、電話を入れると、夫人のみどりさんが「本人は原稿を気にしているのだけど、とにかく熱が……」という。「ちょっと待ってね。見てくるから」といって電話を置き、しばらくして戻って「いま、書いてる、書いてる。もう五枚目だった」と声をはずませた。

私は恐縮して「もちろんあと一週間、延ばしてもいいんです」と、とってつけたように申し出たが、内心ホッとしたのも事実である。いま、思えば、司馬さんは最後の力をふりしぼって原稿用紙に向かっていたのにちがいない。毎日のように催促がましい電話を入れ、心を悩ませたことを悔やんでも、もうおそい。

届いた原稿はいつもより短めのセンテンスが多く、一気かせいに書かれたことが、ありありとわかった。土地問題は司馬さんがここ数十年追求してきたテーマである。「いまは病気中なのですから、軽いエッセーでも結構です」などと私は電話でいっていたのだが、やはり司馬さんとしては「住専」に触れておかなければ気がすまなかったのだろう。

原稿はただちにワープロ打ちされ、司馬さんのもとへ送られる。ワープロ打ちの〝直し〟は翌九日朝届いたが、一枚目の隅に鉛筆で次のようなメモがしたためてあった。

「いいお手紙うれしく読みました。元気を早くとりもどします。この原稿を書きおわったあと、解熱剤のおかげではありますが、平熱に戻ってしまいました。司馬生」

これが司馬さんからの最後の〝手紙〟になってしまった。

「風塵抄」の連載は昭和六十一年五月からスタートしている。スタートにあたって、司馬さんは「テーマは、私には珍しく身体髪膚《しんたいはっぷ》に即したことだけにします」と方針を決めたのだが、じつはそうはならなかった。

政治を語り、国際情勢を考え、文明を論じた。こうした原稿が続くと、司馬さんはテレながら〝言い訳〟をした。「土地問題というのは、身体髪膚の基礎みたいなもんやから、かまわんやろ」とか、「あの湾岸戦争がよくない。あんなもんが起こると大事を書かざるをえなくなる」といった調子だった。しかし読者は司馬さんが大事を書くことを歓迎したのである。

「風塵抄」の原稿が入ると、ワープロ打ちといっしょに感想を書いて送るのが、一番目の読者としての私の義務だと思っていた。司馬さんはその感想にいちいちていねいな返事を書いてくれた。本文の背景の説明に、海外旅行の感想や、話題の人物の人物評が加わったりした。その手紙を読むのはじつに楽しく、その手紙を私はひそかに「もうひとつの風塵抄」と呼んでいた。

いま、原稿用紙に書かれたこの手紙を積み上げたら、二十センチ以上になっているのに、改めて驚いている。そのなかの一つで、文章についての私の疑問に、司馬さんはこう書いている。

「われわれはニューヨークを歩いていても、パリにいても、日本文化があるからごく自然にふるまうことができます。もし世阿弥ももたず、光悦・光琳をもたず、西鶴をもたず、桂離宮をもたず、姫路城をもたず、法隆寺をもたず、幕藩体制史をもたなかったら、われわれはおちおち世界を歩けないでしょう」

そして、「文章は自分で書いているというより、日本の文化や伝統が書かせていると考えるべきでしょう」と続けるのだ。

この手紙を読んで、私はみるみる元気になった。

毎年秋になると、司馬さんの手紙に必ず登場するものに旧日本陸軍戦車第一連隊第五中隊があった。二十歳で学徒出陣し、終戦の日まで所属した中隊だが、その戦友会が秋に開かれる。同窓会と名のつくものにはいっさい出席しない主義の司馬さんも、この会には海外旅行中以外、顔を出した。

戦友会の季節になると、青春を旧満州で過ごし、作家への原点ともなった当時のことで頭のなかがいっぱいになるらしかった。

昨年の戦友会について司馬さんはこう書いた。

「今年は三十余名あつまりました。ぜんぶ草莽の人達です。もう来年はむりかな、という声も出ています。そういう会です。名を石頭会といいます。石頭というのは地名で、中国語では石ころの意味ですが、会場の表札を見た人が、イシアタマと読んだりします。多少、内容もそういう気味があります」

私はこの手紙を読んで大いに笑った。いま読むと、涙がこぼれる。

（一九九六年二月一三日夕刊）

『風塵抄　二』に寄せて

二月十二日に急死した司馬遼太郎さんは、毎月第一月曜日の産経新聞朝刊に執筆した「風塵抄」を通して、十年間読者に語りかけた。現実の日本をみつめる司馬さんのまなざしには悲しみの色が浮かんでいたが、一方で日本人の心のなかの宝石を何度もすくいあげて、私たちを勇気づけてもくれた。死の当日に掲載された「日本に明日をつくるために」は高熱のなかで書いた絶筆である。「風塵抄」の平成三年十月から絶筆までの六十二編を収録した『風塵抄　二』（中央公論社）が発刊されたのを機に、担当者としての記憶をたぐってみた。

六十二編の作品のなかから、ごく個人的な思い出の一編をあげるなら、それは「島の物語」である。掲載日は平成五年十一月一日で、その二日後に司馬さんは文化勲章を受章した。

語られているのは日本陸軍戦車第十一連隊の悲劇である。

司馬さんは戦車第一連隊に属していた。だが戦車学校で訓練を受けたあと、どの連隊に振り分けられるかは偶然にすぎない。戦死した将校たちはもちろん、数少ない生き残りの木下弥一郎さんも司馬さんの戦車学校の友人である。司馬さんには自分がカムチャツカ半島の先に浮かぶ小島で終戦を迎えても不思議はなかった。

それにしても、終戦の三日後に、他国の軍隊の総攻撃でほとんど全滅するとは、なんと悲惨な話だろう。司馬さんの静かで視覚的な文章は、その時の兵士たちの思いをくっきりと浮かびあがらせる。

「この話、映画化したくなりました。セリフや音響もできるだけ抑えます。静かな、静かな戦争映画というのはいかがでしょう」

などと、発作的な感想をきいてもらったことを覚えている。

「木下たちは死んだ戦友たちの指を切り落として遺骨にし、それをシベリアまでもってゆき、もって帰って、手分けして一人ずつ家を訪ねて手渡したんだよ」

司馬さんが語ってくれた木下さんの〝戦後〟も忘れられない。

「風塵抄」は毎月一回、第一月曜日に掲載されるのが原則だったが、平成五年一月は七回も掲載されるという、ありがたい事態になった。

新年早々、「在りようを言えば」の通しタイトルのもとで五回続いたシリーズは、産経新聞が創刊六十周年を迎えるのを前に、日本人の指針になる〝記念講演〟のようなものを、とお願いして実現した。

司馬さんはこの原稿を書いてまもなく週刊朝日の「街道をゆく」の取材で台湾へ旅立ったが、滞在中の台北のホテルから「番外の『風塵抄』を書いてみたい」という連絡が入った。それが「台湾で考えたこと」二編である。

さらに付け加えるなら、台湾旅行から帰った直後に書いたのが、うってかわって名もない市井の人物の心の奥に透明な光を当てた作品「一貫さん」(二月二日)だった。

改めてこの八編を読むと、ここに司馬さんのエッセンスが詰めこまれてあるような気がしてくる。

「在りようを言えば」のなかで、司馬さんは日本人の特質として「実直」をあげている。実直な者は具体的な思考だけにとらわれて、しばしば虚喝集団に足をすくわれる。とはいえ、日本が過去、大崩壊から秩序を取り戻したのは、先祖から引き継いできた実直さのおかげであり、私たちは「このむかしからのシンを充実したり、すこしは華麗に表現してゆく以外に、道がないのではないか」と書いている。

司馬さんのあげる〝実直な日本人〟のプラスとマイナスを、私たちはとりわけ今、考えてみるべきではないだろうか。

平成七年は阪神大震災とオウムの事件で明け暮れた一年だった。「風塵抄」のテーマもこの二つに集中した。

大震災では二編。オウムでは「自集団中心主義《エスノセントリズム》」（四月四日）など四編。一年の半分は震災とオウムのことを書いたことになる。

「神戸の人は、神戸が好きだった」という印象的なフレーズではじまる「市民の尊厳」（一月三〇日）は、一週間早く月の最後の月曜日に掲載された。「できるだけ早く、内容も被災した人たちを励ますものに……」とお願いするつもりで電話すると、司馬さんは先刻その気になっていた。

つづく「持衰《じさい》」（三月六日）では、政府や自治体の対応の遅れを非難する声が高まるなか、あえてこれに異をとなえている。

司馬さんは震災のあと、もし自分が首相、兵庫県知事、神戸市長だったら、とシミュレーションを試みたそうである。その結論がこの原稿だった。

「シミュレーションを何度やっても、村山さんであり、いまの知事であり、神戸市長なんだ。もっとも、ぼくの能力の低さをいわれると、話はこわれてしまうんだけど」

あとになって司馬さんはこう打ち明けた。

オウムの事件では、司馬さんは捜査がはじまる前から教団にたいして厳しい批判をくりひろげた。

この点では担当者の私の方が悶々としていて、司馬さんから「ぼくはオウムの初期の頃に関心をもたなくてよかった。もしもっていたら、きっと点が甘かったと思う」と、なぐさめられる始末だった。

私は司馬さんが仏教について書く文章が大好きだった。

司馬さんは、現実の教派や聖職者たちのありかたにはつねに厳しい批判者だったが、仏教について書くと、文章はいつも光り輝いていた。

「仏教には知的な関心があるだけ」といいつつ、ふと「ぼくは、死もそれほどこわいものじゃないと思う」ともらしたりした。そんなときの司馬さんは仏教徒（ブディスト）そのもののようにみえた。

司馬さんはひとりのブディストとして、この世を旅立ったのだと私は思っている。

（一九九六年六月二日）

司馬さんの手紙

衰えない人気

朝出勤のさい、私は大阪ミナミの地下街の書店をのぞき、司馬遼太郎さんに〝あいさつ〟する。

司馬さんの本は急逝の直後から、その書店の一番目立つ場所に積まれている。司馬さんを追悼する出版もあいついでいるので、司馬コーナーはいっこうに狭くならない。背後にはニコやかに笑っている司馬さんの写真が飾られている。司馬さんは死後なお衰えない人気に幾分テレているようにもみえる。

そうした本のなかに、産経新聞に十年にわたって連載した『風塵抄』『風塵抄 二』(いずれも中央公論社刊)もある。

私はこの連載の担当記者だった。連載中に司馬さんからいただいた手紙は二百通に近い。そうした手紙のなかから、司馬さんの言葉を拾って紹介してゆきたい。

書き出し

司馬さんの手紙の中身にふれる前に、司馬さんの手紙が二百通近くもたまってしまったいきさつにもちょっと触れておこう。

司馬さんは昭和六十一年五月から平成八年二月まで産経新聞に「風塵抄」を連載した。私は連載がスタートしてまもなく担当を命じられた。

「風塵抄」の原稿が届くとまずワープロ打ちして司馬家に送る。ワープロ打ちの原稿は直しが入って翌日返ってくる。

初めはワープロ打ちの原稿に必要な連絡事項をつけるだけだった。ところがあるとき、ふと感想めいた文章を綴って同封したら、司馬さんから、こんな書き出しで始まる長めの手紙が同封されて戻ってきた。

「いいお手紙ありがとう。よく読んでくれました」

見当ちがい

「よく読んでくれました」ではじまる司馬さんの手紙を、いったい何通いただいたことだろう。初めての手紙に有頂天になった私は、原稿が届くたびに感想を書き送るようになった。

しかし、〝よく読む〟どころか、見当ちがいのことを書きつらねたことが何度もあった。ワープロを打ち、感想文を書き終わると、司馬家に電話をする。夫人のみどりさんと話をしているうちに、見当ちがいに気づき、あわてて「手紙、書き直します」というと、「そのままの方が司馬さんは面白がるんじゃない?」といわれ、泣く泣く送り届けたこともある。

司馬さんはきっと私の文章にへきえきすることもあったはずだ。だがそんなそぶりはみせず、いつも丁寧な返事を書いてくれた。

太字のパーカー

司馬さんは万年筆を愛した。それも長いあいだ〝パーカー党〟だった。原稿を書くときはパーカーの中字か細字、手紙のときはパーカーの太字を使うことが多かった。

「なぜパーカーなんですか」と聞いたことがある。「あのな、むかしパーカーが万年筆の生産をやめるといううわさがあって、あわてて買いだめした。それ以来やなあ」という返事だった。

じつは原稿に関するかぎり晩年はパーカー一辺倒ではなくなり、シェイファーを試みたり、細いサインペンを使ったりした。しかし、私のいただいた手紙は、ほとんどパーカーの太字で書かれているように見える。

赤と緑の色鉛筆を使って推敲が重ねられた原稿とはちがって、手紙の方は豪快に一気に書かれたものばかりだ。

手紙専用用紙

司馬さんが使っていた原稿用紙はB４判より縦横それぞれ一センチほど大きめの四百字詰めだ。灰色の線でマス目が仕切られ、欄外に小さく「司馬」と印刷されている。私は原稿も手紙も同じ原稿用紙に書かれているものとばかり思っていた。

ところがあるとき、司馬さんに二枚の原稿用紙を「光にかざして比べてごらん」といわれてやってみると、反射具合が微妙にちがう。手紙に使っていたのは目がチカチカする方だ。

業者に注文して出来上がってきたものの、紙質が気に入らず、やむをえず手紙専用と決めたのだという。

司馬さんは見知らぬ読者からの手紙にもできるだけ返事を書いたが、それでも手紙専用用紙は使われずに大量に残ってしまったはずだ。

新聞記者心得

司馬遼太郎さんは作家になる前は新聞記者だった。終戦直後の昭和二十三年に産経新聞社に入社、文化部長などをつとめ、昭和三十六年に退社している。

私が入社したのは昭和三十八年だから、新聞記者時代の司馬さんは知らない。とはいえ、私たちはいつも司馬さんを作家であるとともに大先輩と思って過ごしてきた。

司馬さんは日本のジャーナリズムに、つねに関心を持っていた。しかし司馬さんから「新聞記者というものは……」といった説教めいた話をうかがったことはない。司馬さんの座談はいつも楽しさに満ちあふれていた。

ただ、手紙のなかに、司馬さんの語る〝新聞記者心得〟をいくつか拾うことはできる。「たえず仮説を立てろ」というのもその一つだ。

たえず仮説を

「たえず仮説を」という新聞記者への司馬さんのアドバイスは、故桑原武夫・京大名誉教授の思い出話からはじまる。

桑原さんの定年を祝う会に司馬さんは出席した。司馬さんを前に桑原さんは「学問とは仮説をたてる能力だ」と語った。司馬さんは「いまの大学で三%ほどがそれをやってますか?」ときいた。「とんでもない。三人いれば多いほうです」というのが返事だった。

司馬さんから直接この話をうかがってまもなく、こんな手紙をいただいた。

「このあいだ、『学問は仮説をたてる能力だ』といいましたが、あとのことを言い忘れました。……新聞記者も頭の中に、たえず仮説をたてていなければならない、ということを言いたかったのです」

大風に灰

「大風に灰をまいたような思考法に乗らぬよう、乗らぬように書いています」

こんな書き出しではじまる司馬さんの手紙を私はときどき読み直す。

司馬さんが新聞社の大先輩だということから、私たちはなにかと司馬さんに頼った。平成四年の暮れには、新年の「風塵抄」に、日本人の指針となるような原稿の執筆を司馬さんに依頼することになった。

できれば何回か連載してもらえないか、というムシのいい願いも、結局司馬さんは聞き届けてくれたのだが、一回目の原稿に長い手紙が同封されていた。

その手紙の書き出しが冒頭の一節だ。

このとき私は、間接的ではあるが、これは私たちへの手厳しい意見ではないかと思った。

ひたすら実を

「大風に灰をまいたような思考法に乗らぬよう、乗らぬように書いています」ではじまる司馬さんの手紙はこう続く。

「『日本をどうするか、どうあればよいか』。そんな虚を考えると、個人のアタマも世間も必ずおかしくなります。大テーマになるべく即しますが、虚にならぬよう、ならぬようにします。ひたすら実を書きたいと思います」

平成五年一月の「風塵抄」は、「在りようを言えば」の通しタイトルのもとで掲載された。日本人の〝実直さ〟に焦点を定めたこの五回シリーズを、私は「風塵抄」の代表作だと思っている。

記事を書きながら、「これは結局、司馬さんのいう、大空に灰をまいたような内容じゃないか」と感じることもしょっちゅうだ。

愛がある紙面

司馬さんから突然電話があり、「リベラル、どう思う?」と聞かれたことがある。「風塵抄」にリベラリズムのことを書こうとしていて、そのときは結局、断念したようだった。あとでいただいた手紙は、リベラリズムから一転、新聞のことに触れているので印象が強い。

「日本の場合、米共和党的自由(貧しいのは働かないからだ、といったたぐいの自由)は男性的すぎてムリです。アジアの中にいますから、多分に偽善的な、お為ごかしの、そしていま正体がばれてうらぶれている民主党的なリベラリズムを、共和党的自由に三割ほど加えるべきです。新聞制作もそうでなければうまくゆかないでしょう。卑小な利害や感情をおさえた愛というべきものが紙面に出るべきです」

津軽へ

司馬さんの手紙は、B4判よりすこし大きめの原稿用紙にびっしりと、しかも数枚にわたって書かれていることがよくあった。なかでも平成五年十二月の手紙は四枚にもわたっている。いただいた手紙のなかではいちばん長い。

平成六年の正月を司馬さんは週刊朝日に連載中の「街道をゆく」の取材のために津軽で過ごした。出かける前から司馬さんは楽しそうにしていた。そこで「楽しそうですね」と軽い気持ちで書き送ったら、さっそく返事が届いた。

「正月は、津軽ですごします。北方好きの——矛盾していますが人一倍寒がりながら——小生としては、日本でいちばん好きな土地の一つです」

手紙はこう書き出されている。

青春の地

司馬さんが津軽に「日本でいちばん好きな土地……」というほどの思いをもっているとは、私はもちろん知らなかった。

じつは津軽は司馬さんにとっては、〝青春の地〟だったのだ。

ただ、ふつうの意味の〝青春の地〟ではない。まぼろしの青春の地とでも言おうか。司馬さんは旧制弘前高校を受験して失敗していた。そのことも、私は手紙で初めて知った。

「十七、八のとき、教師が『高知なら大丈夫だろう』というので、高知と同様、最低合格点のひくい弘前にしようと思い、雪の弘前にゆきました。第一次は通ったようですが、第二次には名がありませんでした。よくまあ、親が旅費を出してくれたものだと、いまになって首尾わるい思いとともに感謝しています」

まわる六部の……

旧制弘前高校の受験には失敗したが、司馬さんはこの土地へのあこがれを五十数年、胸のなかで大切に温めていたのだろう。好きだからといって、気軽にひょいひょいと出かけてゆくようなことを、司馬さんはしなかった。手紙の文面からはそういう思いが立ちのぼってくる。

「むつにも、恐山にも、青森市にもゆきます。ちかごろオホーツク遺跡が青森県でもたくさん発見されていますが、それらをぼんやり眺めたいと思っています。ふしぎなもので、いまでも隆ノ里や旭富士、舞ノ海といった津軽顔の力士がひいきです。津軽にゆきたいというのも、トシだと思います。江戸時代の川柳に『ふるさとにまわる六部の気の弱り』というのがあって、いつも気になっています」

ＩＦ

津軽への思いを語った司馬さんの手紙には続きがある。

長い手紙を読んだあと、私の頭の中に渦巻いたものの一つは、もし司馬さんが弘前高校に合格していたら……という想像だった。

司馬さんはその後、大阪外国語学校（現大阪外国語大学）蒙古語部に入学、二十歳で仮卒業して学徒出陣、旧満州の戦車連隊に配属された。弘前高校に入学していたら、学徒出陣はちがったものになっていたはずだ。司馬さんの戦後もまるでちがっていただろうし、何よりも「作家、司馬遼太郎」は誕生していなかったかもしれない。

そう手紙に書いたら、司馬さんから再び長い返事が届いた。書き出しは「弘前に行っていたら、というのは歴史にＩＦがなき如し」だった。

東洋史をめざす

司馬さんは数学が大嫌いだった。旧制弘前高校の受験が首尾よくゆかなかったのは多分、数学のせいだろう。のちに大阪外国語学校を受験したのも、受験科目に数学がなかったからだという。

それはともかく、司馬さんは弘前高校に入ってどんな学問をしたかったのか。「当時は東洋史をやりたかったのです」と司馬さんは手紙に書いている。

作家、司馬遼太郎が生まれないとしたら、それは寂しいことではあるけれど、「東洋史学者、福田定一」という存在を想像してみるのはじつに楽しい。まれにみる大学者が出現していたかもしれないではないか。

だが司馬さんの手紙を読み進むと、当時がこんな楽しい想像を拒絶する厳しい時代だったことがよくわかる。

ふしぎな運命

司馬さんは昭和十八年、大阪外国語学校蒙古語部を仮卒業し、二十歳で学徒出陣した。そして旧満州の戦車連隊に配属された。

司馬さんはこのときのいきさつを手紙にこう書いている。

「モンゴル語とロシア語と中国語をやったという表を徴兵官がみて、小生をその地（それらの言語が話される地。つまり満州）にやったようなのです。具体的には戦車科に入れられたのです。当時はキカイに囲まれて身の不運をかこっていました」

「満州で訓練をうけて、同地の戦車第一連隊に〝就職〟しました。当時の大本営はこの装備の完全な連隊を関東地方にもどして、東京防衛にあたらせたのです。そして、終戦。ふしぎな運命でした」

あざなえる縄

司馬さんがもし旧制弘前高校へ入学し、望み通り東洋史を専攻していたら……。「作家、司馬遼太郎は誕生しなかったろうが、大歴史学者、福田定一が出現していたかもしれない」と私は想像したが、司馬さんの返事はちがっていた。

「もしばくぜんと東洋史をやっていたら、歩兵になり、多くの他の友人がそうであったように、訓練学校を出るやいなや、フィリピンなどの激戦場にやられたでしょう。歩兵科の将校ならすぐ使えるからです。ＴＫ（タンク）の場合、連隊勤務をたっぷりしなければ一人前にはなれません。つまり、あの太平洋戦争の末期に、後方で足踏みしていたことになります。禍福はあざなえる縄のごとし、という平凡な話になります」

神様の思し召し

数学好きだったら戦死していた、というのが司馬さんの結論だった。が、手紙はまだ終わらない。数学のことから世界的な数学者、岡潔さんのことへと話が飛ぶ。

「もう一つ思い出あり。小生の文章をかねがね読んでいてくださっていたらしい故岡潔博士が『あなたの文章が作家、学者を入れて、いちばん数学のできる人の文章だ』と途方もないことをいってくださったので、小生は弘前の話をし、かつ大阪外語の入試が無数学だったことを述べ、かつ、それがためにＴＫ（タンク）に入れられたらしく、そのおかげで戦死しなかったことをいうと、『日本の神様がそうして下さったのです』と、あまり数学的でない託宣をされました。なにやらジマンをふくんでいるらしい思い出也」

夢に見る道

上越新幹線が上野駅を出てしばらくすると、車窓越しに上州の山が迫ってくる。右が赤城山、左が榛名山。その間に上越国境の山脈が連なる。

二十一歳の司馬さんが属する戦車第一連隊は昭和二十年五月、その国境の山を越え、榛名山の中腹に広がる相馬ケ原の陸軍演習場に入った。ここから東京防衛に向かう途中、栃木県佐野市で終戦を迎えている。

前橋市生まれの私はそのころ、戦車隊が佐野市に向かう途中で渡ったと思われる利根川にかかる橋に近い村で、疎開暮らしをしていた。だから戦車隊が通った桑畑の中の未舗装の道も知っている。

司馬さんのこんな手紙が残っている。

「相馬ケ原から前橋あたりまでの道は、ときどき夢の中に出てくる道です」

絵入り

司馬さんが「夢にまでみる道」は、相馬ケ原に近い村で生まれた私の父親が昭和の初め、前橋市内の旧制中学校へ自転車で通った道でもある。

かつては瓦礫が敷かれただけの道も今は立派に舗装されている。昨年秋、父の墓参りでその道を車で走ったことを手紙で触れたら、さっそく返事をいただいた。

「これまで相馬ケ原、前橋間の中山道を地道と書いてきました。当時の一級道路の名誉のために説明しておきます」

ここで道路の断面図と、瓦礫を土に埋め込んでいる作業図を描き、「戦車が往来しても道が傷むことがありませんでした。こんなことを知っておくのも戦車隊のしごとでした」と結んでいる。

司馬さんの手紙の中で絵入りなのは、この一通だけだ。

桑の実

戦車第一連隊が榛名山の相馬ケ原に駐屯したのは、終戦の年の初夏から夏にかけてのわずかの間だった。そのわずかの間のことを司馬さんはいつも楽しそうに語った。

例えば桑の実を食べたときの驚き。大阪生まれの司馬さんは、それまで桑の実を見たことがなかったのだ。こんな手紙をいただいたことがある。

「桑の実は、なんともうまいものでした。又、大根をなたで割るように大ぶりに切って浅く漬けた漬けものは、日本一の大根の利用法と思ったりしました」

ところが司馬さんは、相馬ケ原から終戦を迎えた栃木県佐野市にかけての北関東へ、戦後一度も足を踏み入れていない。戦車で通った道を夢にまで見るというのに、なぜだろう。私にとって、それは謎だった。

最後の旅

司馬さんはなぜ、北関東の地へ足を踏み入れようとしなかったのか。

司馬さんがこの地に好感をもっていなかったとは考えられない。桑の実体験のことを語るときの司馬さんのニコニコした楽しげな表情といったらなかったのだ。

謎が解けたのは司馬さんが亡くなったあとだった。

司馬さんの「街道をゆく」の連載が週刊朝日で始まったのは昭和四十六年一月。どうやら司馬さんは、そのときから、連載の最後に訪れる土地として、この北関東を考えていたようなのだという。

かつて戦車で走った道を逆向きにたどり直すことは、司馬文学の原点をさかのぼることでもあるだろう。最後の旅をしないまま、司馬さんは逝ってしまった。

ビートルズ

「学生時代、一週間に十時間も中国語をならったのに、生来の音痴と物覚えのわるさ（小生は歌《ソング》は覚えられず）のため、いまはほとんど忘了《ワンラ》」

司馬さんの手紙のなかの一節だ。歌を覚えられず、は本当だった。日本人ならだれでも知っているような歌も、司馬さんは知らなかった。

なのに、『愛蘭土紀行』（昭和六十三年）で司馬さんが語るアイルランド人の末裔としてのジョン・レノン論の面白さは何としたことか。司馬さんにはビートルズをレコードできいた形跡はない。だがこの本からは、ビートルズやケルト民族の旋律がきこえてくる。

当時はアイルランド出身のロックグループが次々に現れたころだ。『愛蘭土紀行』はロック好きの若者の間で、参考書として話題になった。

坐骨神経痛

司馬さんが晩年悩まされたものに坐骨神経痛がある。平成六年秋の手紙にはこうある。

「左足に坐骨神経痛があり、何か月に一度出て数日で去ります。先日、原稿を書いていた日、ひさしぶりでこの客が到来しました。きょうは午後、近所の接骨院にゆき、治療を受けました。いまは遠のいています。

小生は無病息災で、他の人の病のつらさに同情薄きところがあります。ことしになって、この持病をもち、やっと一人前にひとの痛みがわかるようになりました」

手紙にもある通り、私たちは司馬さんが文字通り無病息災で、いつまでも元気でいてくれるものと信じ切っていた。いまから思えば、司馬さんの体には、もうこのころには病がしのび込んでいたのかもしれない。

大説

いつかもう一度、司馬さんの小説を読みたいと、私などは思っていた。じっさい「風塵抄」の中には、掌編小説といった味わいの作品も見受けられた。小説で思い出すのはこんな手紙だ。

「人間は大事なことを書く場合、どうも樹木のシンのようにアタマのシンで書くようで、この点、まじりっけの思考の多い冴えたときよりも、ボケたときのほうが、シンがしっかりしているようです。ただ、身体髪膚のようなこまかい感覚的なことは書けません。ボケたときは小説よりも大説がいいようです。
ボケたときは感覚的な文章を必要とせず、炸薬を詰めて大砲をうつような主題にむいています。大砲をなす人は、たいていボケているでしょう！　あれです。呵々にしてクスクス」

冰心

手紙の中には、今読んでも心が引き締まってくるようなものもある。司馬さんが私たち後輩を叱ったときの手紙だ。ただ司馬さんはお説教はしない。いつも、まず自らの決意を語り始めるのだった。最後にそんな文面の一つを紹介する。
「作家というものは、あくまでも三条大橋の橋下にいる存在だということを、つねに忘れてはならないものなのです。それを忘れると、胸中かすかな氷心が消えます。一片の冰（氷）心が物を書かせているのです。才能が書かせているわけでもなく、あるかなしかの学識・経験が書かせているわけでもありません。耿々《こうこう》一片冰心のみ。しかし、なんと溶けやすく消えやすいものか」

（一九九六年一〇月夕刊一面「編集余話」）

続・司馬さんの手紙

「カゼなの」

司馬遼太郎さんの一周忌（二月十二日）がもうすぐやってくる。寒に入り、カゼがはやるころになると、一年前のことが思いだされる。十月の「司馬さんの手紙」の続編は、短い最後の手紙のことからはじめたい。

昨年の手帳を見ると、一月末から二月にかけては、司馬さんのことで埋まっている。それによると、司馬さんのカゼのことを知ったのは一月二十六日の金曜日だ。その日夕、私は夫人のみどりさんに電話している。

司馬さんは十年前から産経新聞の第一月曜日の朝刊に「風塵抄」を連載していた。私はその担当記者だった。私にすれば、「そろそろ原稿は……」というつもりだった。

「カゼなの。いま寝てるわ。原稿は来週にしてね」と、みどりさんは言った。

一週延期

昨年二月の「風塵抄」の掲載日は、第一月曜日の五日だった。だから、二十八日から始まる一月最後の週のうちに原稿が出来上がれば、なんの支障もない。

司馬さんの場合、原稿の遅れで私たちをあわてさせたことは一度もない。たいていは掲載日の前々週に、そうでなければ前の週の初めに、原稿は必ず届けられた。

しかもここ数年、冬になると、司馬さんは一度や二度はカゼを引いた。だからカゼで発熱と聞いても、私はまだ少しも心配はしなかった。

ところが、月曜日の二十九日に電話を入れると、みどりさんはこう言った。

「熱がなかなか引いてくれないのよ。『風塵抄』の原稿も、まだ……。一週延期なんて、可能かしら」

ごめんね

「『風塵抄』の一週延期なんて、可能かしら」

みどり夫人からこう言われて、司馬さんのカゼがいつもより重いことは想像できた。

しかも、司馬さんは友人の陳舜臣さんの井上靖文化賞の授賞式への出席などのために、十日前の十八日から二十二日まで東京にでかける予定にしていたが、直前に浴室でめまいがして倒れ、東京行きを急きょ取りやめていたことも、このとき知った。

原稿ももちろんほしいが、このさい大切なのはカゼを早くなおしてもらうことだ。そう言うと、みどりさんは「ごめんね。そうさせてもらおうかな」と言い、こうつけ加えた。

「でも司馬さん、もしかすると書き始めるかもしれない。そうなったら電話するからね」

「お断り」

「風塵抄」の掲載の一週延期をみどり夫人と話したのは一月最後の週の月曜日にあたる二十九日だった。

そのときみどりさんは「司馬さんがもし書き始めたら電話する」といってくれたが、熱は下がったかと思うとまた上がり、司馬さんはその週にはとうとうペンはとれなかった。

「風塵抄」が掲載されるはずだった二月五日の朝刊には、代わりに「筆者の都合により、十二日に延期します」というお断りをのせた。

この断りの文章には頭を悩ました。本当に一週ですむのか、と思わないではいられなかった。

しかし、なにがなんでも元気になってほしい、二週延期などあってたまるか、という思いをこめて、あえて「十二日」を読者に約束した。

いま書いてる

司馬さんは絶筆となった「風塵抄」の原稿を、二月第二週の木曜日にあたる八日に執筆した。

昨年の手帳を見ると、前の週の金曜日からその日まで、私は毎日司馬家に電話を入れている。

司馬さんの病気も心配だったたし、原稿のことはどうでもよかった、などといえばウソになる。なんと催促がましいことをしたことかと今は思う。

八日夕に電話すると、熱はいぜん下がらないという。がっかりしていると、みどりさんは「ちょっと待ってね。（書斎を）見てくるから」といって電話を置き、しばらくして戻ってくると、こう言った。

「いま書いてる、書いてる。もう五枚目だった……」

みどりさんの声は、まるで昨日のことのように耳の中に残っている。

絶筆

司馬さんの最後の「風塵抄」は、「日本に明日をつくるために」というタイトルがついている。

世の中は住専問題でわき立っていた。バブル以前から土地投機に走る人たちに警告を発してきた司馬さんにすれば、これを黙って見過ごすことはできなかったのだろう。

「日本国にもはや明日がないようなこの事態に、せめて公的資金でそれを始末するのは当然なことである」と書き、「その始末の痛みを通じて、土地を無用にさわることがいかに悪であったかを——思想書を持たぬままながら——国民の一人一人が感じねばならない。でなければ、日本国に明日はない」と結んでいる。

高熱の中で書くのだから多分軽い物に……と予想していた私は浅はかだった。原稿からは張りつめた思いが伝わってくる。

元気を早く……

住専問題について司馬さんは、公的資金で始末する痛みを通じて、土地を無用にさわることの悪を感じなければならない、と書いている。

痛みを感じるべきなのは、政治家のほかはだれだろう。われらジャーナリストは痛みを感じなくてすむのだろうか。

私は急いで原稿をワープロ打ちし、感想をつづって司馬さんに送り届けた。翌日戻ってきたワープロ打ちにはほとんど直しはなく、余白にはメモがしたためてあった。

「いいお手紙うれしく読みました。元気を早くとりもどします。この原稿を書きおわったあと、解熱剤のおかげではありますが、平熱に戻ってしまいました。司馬生」

司馬さんはこの日から三日後に亡くなった。メモの文字は、鉛筆で薄く、薄く書かれている。

最後に会った日

司馬さんからいただいた最後の手紙は、その死の三日前に届いたワープロ打ちの原稿の余白に、濃い鉛筆で薄く、短く書かれていた。

その文字を今ながめると、司馬さんと最後に会ったときのことが、どうしても思いだされる。そのことにも触れておきたい。

司馬さんと最後に会ったのは亡くなった日から二カ月ほど前にあたる、前の年の十二月一日だった。この日夕、産経新聞の元日紙面のために、司馬さんとユング派の心理学者、河合隼雄さんの対談が行われた。

場所は、くしくも今日の「菜の花忌」の会場でもある、大阪のロイヤルホテルだった。私は自宅に司馬さんを迎えに行き、対談の進行係を務めたあと、夜再び自宅へ送っていった。

面白かった

司馬さんと心理学者、河合隼雄さんの対談のテーマは「日本人の心の行方」だった。

司馬さんには多くの対談集がある。一方、河合さんもまた、対談集の多さにかけては司馬さんに負けない。しかも二人は、仏教への関心の強さということでは共通している。

私にはこの二人の対談が、これまでなかったということが不思議だったし、会わせれば必ずうまくゆくと思っていた。

司馬さんはすでに何度かカゼを引き、体調もそれほどよくはないようだったが、対談は気持ちよく進んだ。進行係の出る幕はなかった。

「いや、今日は面白かった」

対談が終わり、自宅に向かう車の中で、司馬さんはニコニコしながら言った。

思いがけない話

帰宅の車の座席にくつろぐと、司馬さんは笑いながら話しはじめた。

「自立は死んでから、という河合さんの話。あれは、おかしかった」

これは、対談のあとの食事中に河合さんが冗談めかして言ったことだった。

「自立、自立とよくいいますが、自立なんて、人間、死んでからでいいじゃないですか」

と。

司馬さんは、これが大いに気に入ったようだった。

だが、司馬さんは笑いを引っ込めて続けた。

そういえば最近、いろんな人と語り合った。なぜか死のことに触れることが多かった。みんな死が怖いという。なぜだろう。ぼくは死が怖いと思ったことはない……。

こんな内容だった。

思いがけない話に、私は粛然となった。

予期していた死

「ぼくは、死が怖いと思ったことがない」

司馬さんの言葉に、私は答える言葉を持たなかったが、だからといって、現実の死を司馬さんに結びつけることなど、夢にも考えなかった。

おそらく、仏教が話題の一つになった河合さんとの対談の余韻の中の、仏教的な思索の一つぐらいにしか、受け取らなかったのだと思う。

司馬さんが急死してから、私はこのときのことを何度も何度も思い返すことになった。

司馬さんは、もしかしたら、かなり前から自分の死を予期していたのではないかと、いまでは考えている。

体力が弱っていたのに多くの対談を引き受け、原稿も決して断ろうとしなかった死の直前のことを思えば、符合することはいくつもある。

仏教

司馬さんが仏教について書く文章が、私は大好きだった。司馬さんは、たとえば、こんなふうに書く。

《人は、死ぬ。そのことによって土が肥え、草木がよろこび、つややかになった葉や、みのって赤く熟した実を鳥やケモノがたべる。

同時に、生きた人も養われる。

「だからこそ天地はかがやいているのです」

というのが、大乗仏教である》

（『花祭』平成二年四月）


美しく、しかもわかりやすい。読むたびにうっとりしてしまう。

「風塵抄」に仏教が取り上げられたのは、この「花祭」が最初だったと思う。感想をつづって届けると、こんな書き出しの返事をいただいた。

「小生の仏教についての文章を愛してくださること、ありがたいことです」

失望

アメリカのビート世代の詩人たちの作品がきっかけで仏教に興味をもちだした、といったとめどもない私の手紙を、ありがたいことに司馬さんは面白がって読んでくれたようだった。

しかし、いただいた手紙は、仏教の現実に対する失望と怒りに満ちていた。

活字になった文章が美しいので、怒りはいっそう強烈に感じられた。

いま考えてみれば、仏教に愛着があるからこその怒りだったとしか思えない。

そんな自分の気持ちを、司馬さんは、別の手紙で次のように説明している。

「仏教をけなすのは、みずからをけなすようなものだと思ってきました。ですから、仏教とはなにかを自分で考えざるをえませんでした」

親鸞

平成四年、渡米する直前の司馬さんから、こんな手紙をいただいた。

「いま三月にコロンビア大学で話す（ドナルド・キーン教授の退官にともなう）記念講演の草稿を書いています。

テーマに困り（じつは『明治という国家』を話すつもりでしたが、日本の経済成長が大きすぎて、小国の痛々しさなど語れなくなりました）、仏教のことを話すしかないと思っています。ただ現実の仏教史は、むなしい、ということしか喋れず、少しでも積極的な要素はないものかと考えています。

世界は、いっせいに前時代の否定気分で、小生も五五二年の仏教伝来以後の歴史に〝？〟をつけざるをえません。ただ、十三世紀の親鸞は偉大ですね。そのあとがいないのが残念ですね」

オウム

平成七年は阪神大震災の年であり、またオウムの年だった。司馬さんは上九一色村の大捜索の直前から、「風塵抄」で四回、オウムについて書いている。月一回だけの連載だから、一年の三分の一をオウムに当てたことになる。

司馬さんは、麻原彰晃という男を、宗教家としてはいささかも認めなかった。

こんな手紙をもらったことがある。

「オウムのこと、小生にしてはめずらしく、しつこく見たり読んだりしてきました。若い宗教学者たちは、新興宗教にはめずらしく解脱を中心にやっているのが目新しく、それで、点が甘かったのでしょう。小生はかれらの初期に関心をもたなくてよかったと思います。初期ならきっと点が甘かったと思います」

解脱

司馬さんがオウムについて「風塵抄」に書いた四つの作品のうち、いちばん力がはいっているのは、十月掲載の「なま解脱」だと思う。

オウムの若者たちが求めてやまなかった修行による神秘体験を、オウム自身は解脱への過程だと説明した。

だが、司馬さんによれば、それは禅やヨーガなどでもよく体験される一種の幻覚にすぎない。これを司馬さんは「なま解脱」と呼んだ。幻覚を利用しようとしたところにオウムの悪があるという。

手紙にはこうある。

「なま解脱、学問の対象になっていませんね。精神医学でも、宗教学でも。この状態を利用する者がいなかったので、関心をひかなかったのだと思います。だから用語として不熟ですが、私製語として使いました」

ゼロ

オウムの悪を容赦しない司馬さんの「なま解脱」だが、じつは次のような美しい文章で書きはじめられている。

《仏教の基本は、森羅万象も人のいのちも空や無のなかにある、という。

空も無も、えらそうな漢字だが、要するに数字のゼロのことである。ゼロの発見には諸説があるが、それを使いこなしたのは古代インド人だった。

古代インド人は、風変わりだった。ゼロをひねくりまわしているうちに、ゼロこそ世界そのものだと思うようになった。

つまり、キリスト教の神に相当するものがゼロであると考えた》

原稿の校正が終わったあとの手紙で、司馬さんは書いている。

「なま解脱、心の奥底から書きました」

信心

先の「風塵抄」の文章は、次のように続いている。
《阿弥陀如来も大日如来も、ゼロの象徴なのである。つまり、われわれはゼロを信じてきた。「信心」というのは、四、五世紀以来、大乗仏教によってはじまるが、それまでの仏教は、解脱だった。解脱は、常人にはなしがたい。おそらく伝説の釈迦以外、解脱をなしとげた人はいないのではないか》
司馬さんは手紙のなかでこうつけ加えている。
「小生は自分が無宗教ですが、人が信じているものに関心があって若いころから眺めてきました。結局、カトリックがいちばん安定しているように思います。しかし小生自身の心境としては、今回の『風塵抄』に書いた気分です」

禅

「若いころから仏教を眺めてきた」と、司馬さんはいう。

司馬さんの戦後は、新聞記者として京都でスタートする。仏教界と京都大学が司馬さんの主な持ち場だった。当時の司馬さんの勉強ぶりは、すでに伝説化している。

こんな手紙も残っている。

「漱石が『三四郎』中で〝偉大なる暗闇〟という先生を登場させます。あのモデル、明治四十年前後の一高教授の一人なのですが、その時期の一高の教官室で禅をやる人が何人かいて、みな人間が悪くなったという印象があったそうです。

小生は昭和二十年代、京都で禅のえらい人にたくさん会いました。結局、うどん屋の出前もちを二十年やっている人に及ばないというのが感想でした」

インド熱

オウムの人たちがインドへ出かけた話から、若者のインド熱のことが話題になったことがある。

なぜ、人はこうもインドにあこがれるのか。

次の手紙からは、司馬さんのちょっとテレたような独特の笑いが浮かんでくる。

「オウムも一度行ったそうですね。

『インド、というと、こうしていてもぽっとなる』

というのは、四天王寺のそばの浄土真宗の仏足寺住職の故清水洪（雅楽の名手）でした。

『ぼくもそうや』

と、陳舜臣氏が、あるときいいました。

小生はだめです。

インドにからきし魅力を感じないのは、文明感覚に欠陥があるからでしょう。これは男いっぴきとして、なさけないことです」

防毒訓練

司馬さんの手紙には、思いがけないときに、戦車隊を率いる小隊長としての顔がのぞいた。

オウムへの強制捜査が行われる直前にいただいた手紙は、若いころに体験した防毒訓練に触れている。

「私どもがサリンということばを知る前に、オウム側は、自衛隊のヘリがオウムに対してサリンを撒いている、といっていたそうです。

昔話になりますが、私も、防毒訓練を受けました。あのマスクをかぶって二キロを走ったときは死ぬ思いでした。

そのころ、チビという愛称（?）をもつ青酸カリのガス、塩素ガス、イペリット（皮膚を腐乱させます）などを知っていました。

しかし、サリンということばは知りませんでした」

同じ場所

オウムの事件のおかげで、仏教に触れた司馬さんの手紙は一挙に増えた。だが本音をいわせてもらえば、オウム抜きで、いろんなことを司馬さんから聞きたかった。

司馬さんは、「ぼくは無宗教だ」といい、若いころから仏教について勉強してきたのは、「人の信じるものに関心があったから」と語っている。

しかし、司馬さんの晩年の心境をたどると、仏教との結びつきを、知的好奇心だけで片付けるわけにはゆかない、という気が私はしている。

最後に、司馬さんが好んだ仏教的な表現を使わせてもらう。すなわち「司馬さんと私たちは〝空〟という絶対の場では、いまも同じ場所にいる」と。

（一九九七年二月夕刊一面「編集余話」）

中公文庫

風塵抄《ふうじんしょう》 二

2000年1月25日　初版発行
2019年3月30日　3刷発行

著　者　司《し》馬《ば》遼《りょう》太《た》郎《ろう》

発行者　松田 陽三

発行所　中央公論新社
〒100-8152　東京都千代田区大手町1-7-1
電話　販売 03-5299-1730　編集 03-5299-1890
URL http://www.chuko.co.jp/

印　刷　精興社（本文）
三晃印刷（カバー）

製　本　小泉製本

Published by CHUOKORON-SHINSHA, INC.
Printed in Japan　ISBN978-4-12-203570-6 C1195

中公文庫既刊より

各書目の下段の数字はISBNコードです。978－4－12が省略してあります。

し-6-36
風塵抄《ふうじんしょう》
司馬遼太郎
一九八六年から九一年まで、身近な話題とともに土地問題、解体したソ連の問題等、激しく動く現代世界と人間を省察。世間ばなしの中に「恒心」を語る珠玉随想集。
202111-2

し-6-27
韃靼《だったん》疾風録（上）
司馬遼太郎
九州平戸島に漂着した韃靼公主を送って、謎多いその故国に赴く平戸武士桂庄助の前途に待ちかまえていたものは。東アジアの海陸に展開される雄大なロマン。
201771-9

し-6-28
韃靼疾風録（下）
司馬遼太郎
文明が衰退した明とそれに挑戦する女真との間に激しい攻防戦が始まった。韃靼公主アビアと平戸武士桂庄助を軸にした壮大な歴史ロマン。大佛次郎賞受賞作。
201772-6

し-6-29
微光のなかの宇宙　私の美術観
司馬遼太郎
密教美術、空海、八大山人、ゴッホ、須田国太郎、八木一夫、三岸節子、須田剋太――独自の世界形成に至る軌跡とその魅力を綴った珠玉の美術随想集。
201850-1

し-6-30
言い触らし団右衛門
司馬遼太郎
自己の能力を売りこむにはPRが大切と、売名に専念した塙団右衛門の悲喜こもごもの物語ほか、戦国豪傑を独自に描いた短篇集。〈解説〉加藤秀俊
201986-7

し-6-31
豊臣家の人々
司馬遼太郎
北ノ政所、淀殿など秀吉をめぐる多彩な人間像と栄華のあとを、研ぎすまされた史眼と躍動する筆でとらえた面白さ無類の歴史小説。〈解説〉山崎正和
202005-4

し-6-32
空海の風景（上）
司馬遼太郎
平安の巨人空海の思想と生涯、その時代風景を照射し、日本が生んだ人類普遍の天才の実像に迫る。構想十余年、司馬文学の記念碑的大作。芸術院恩賜賞受賞。
202076-4

し-6-33
空海の風景（下）
司馬遼太郎
大陸文明と日本文明の結びつきを達成した空海は哲学宗教文学教育、医療施薬、土木灌漑建築と八面六臂の活躍を続ける。その死の秘密もふくめ描く完結篇。
202077-1

し-6-34
歴史の世界から
司馬遼太郎
濃密な制作過程が生んだ、司馬文学の奥行きを堪能させるエッセイ集。日本を動かし、時代を支える人間の姿を活写しつつ、自在な発想で現代を考える。
202101-3

し-6-35
歴史の中の日本
司馬遼太郎
司馬文学の魅力を明かすエッセイ集。明晰な歴史観と豊かな創造力で、激動する歴史の流れと、多彩な人間像をとらえ、現代人の問題として解き明かす。
202103-7

し-6-37
花の館《やかた》・鬼灯《ほおずき》
司馬遼太郎
応仁の乱前夜、欲望と怨念にもだえつつ救済を求めて彷徨する人たち。足利将軍義政を軸に、この世の正義とは何かを問う「花の館」など野心的戯曲二篇。
202154-9

し-6-38
ひとびとの跫音《あしおと》（上）
司馬遼太郎
正岡子規の詩心と情趣を受け継いだひとびとの豊饒にして清々しい人生を深い共感と愛惜をこめて刻む、司馬文学の核心をなす画期的長篇。読売文学賞受賞。
202242-3

し-6-39
ひとびとの跫音（下）
司馬遼太郎
正岡家の養子忠三郎ら、人生の達人といった風韻をもつひとびとの境涯を描く。「人間が生まれて死んでゆくという情趣」を織りなす名作。〈解説〉桶谷秀昭
202243-0

し-6-40
一夜官女
司馬遼太郎
「私のつきあっている歴史の精霊たちのなかでもいちばん気サクな連中に出てもらった」（「あとがき」より）。愛らしく豪気な戦国の男女が躍動する傑作集。
202311-6

し-6-41
ある運命について
司馬遼太郎
広瀬武夫、長沖一、藤田大佐や北条早雲、高田屋嘉兵衛――人間を愛してやまない著者がその足跡を歴史の中から掘り起こす随筆集。
202440-3

各書目の下段の数字はISBNコードです。978-4-12が省略してあります。

し-6-43 新選組血風録 司馬遼太郎

前髪の惣三郎、沖田総司、富山弥兵衛……幕末の大動乱期、剣に生き剣に死んでいった新選組隊士一人一人の哀歓を浮彫りにする。〈解説〉綱淵謙錠

202576-9

し-6-45 長安から北京へ 司馬遼太郎

万暦帝の地下宮殿で、延安往還、洛陽の穴、北京の人々……。一九七五年、文化大革命直後の中国を訪ね、その巨大な過去と現在を見すえて文明の将来を思索。

202639-1

し-6-49 歴史の舞台 文明のさまざま 司馬遼太郎

憧憬のユーラシアの大草原に立って、宿年の関心であった遊牧文明の地と人々、歴史を語り、中国・朝鮮・日本を地球規模で考察する雄大なエッセイ集。

202735-0

し-6-51 十六の話 司馬遼太郎

二十一世紀に生きる人びとに愛と思いをこめて遺す「歴史から学んだ人間の生き方の基本的なことども」。井筒俊彦氏との対談「二十世紀末の闇と光」を収録。

202775-6

し-6-53 司馬遼太郎の跫音《あしおと》 司馬遼太郎 他

司馬遼太郎――「裸眼で」読み、書き、思索した作家。人々をかぎりなく豊かにしてくれた、巨大で時空を超える、その作品世界を初めて歴史的に位置づける。

203032-9

し-6-55 花咲ける上方武士道 司馬遼太郎

風雲急を告げる幕末、公家密偵使・少将高野則近の東海道東下り。大坂侍・百済ノ門兵衛と伊賀忍者を従えて、恋と冒険の傑作長篇。〈解説〉出久根達郎

203324-5

し-6-59 司馬遼太郎 歴史歓談Ⅰ 日本人の原型を探る 司馬遼太郎 他著

出雲美人の話から空海、中世像、関ヶ原の戦いの人間模様まで。湯川秀樹、岡本太郎、森浩一、網野善彦氏らとの対談、座談で読む司馬遼太郎の日本通史。

204422-7

し-6-60 司馬遼太郎 歴史歓談Ⅱ 二十世紀末の闇と光 司馬遼太郎 他著

近世のお金の話、坂本龍馬、明治維新から東京五輪まで。日本の歴史を追い、未来を考える、大宅壮一、三島由紀夫、桑原武夫氏らとの対談、座談二十一篇を収録。

204451-7

し-6-61
司馬遼太郎
歴史のなかの邂逅1
空海～斎藤道三
司馬遼太郎
その人の生の輝きが時代の扉を押しあけた――。歴史上の人物の魅力を発掘したエッセイを古代から時代順に集大成。第一巻には司馬文学の奥行きを堪能させる二十七篇を収録。
205368-7

し-6-62
司馬遼太郎
歴史のなかの邂逅2
織田信長～豊臣秀吉
司馬遼太郎
人間の魅力とは何か――。織田信長、豊臣秀吉、古田織部など、室町末期から戦国時代を生きた男女の横顔を描き出す人物エッセイ二十三篇。
205376-2

し-6-63
司馬遼太郎
歴史のなかの邂逅3
徳川家康～高田屋嘉兵衛
司馬遼太郎
徳川家康、石田三成ら関ヶ原前後の諸大名の生き様や、徳川時代に爆発的な繁栄をみせた江戸の人間模様など、歴史のなかの群像を論じた人物エッセイ。
205395-3

し-6-64
司馬遼太郎
歴史のなかの邂逅4
勝海舟～新選組
司馬遼太郎
第四巻は動乱の幕末を舞台に、新選組や河井継之助、緒方洪庵、勝海舟など、白熱する歴史のなかの群像を論じた人物エッセイ二十六篇を収録。
205412-7

し-6-65
司馬遼太郎
歴史のなかの邂逅5
坂本竜馬～吉田松陰
司馬遼太郎
吉田松陰、坂本竜馬、西郷隆盛ら変革期を生きた人々の様々な運命。『竜馬がゆく』など幕末維新をテーマに数々の傑作長編が生まれた背景を伝える二十一篇。
205429-5

し-6-66
司馬遼太郎
歴史のなかの邂逅6
村田蔵六～西郷隆盛
司馬遼太郎
西郷隆盛、岩倉具視、大久保利通、江藤新平など、明治維新という日本史上最大のドラマをつくりあげた立役者たち。時代を駆け抜けた彼らの横顔を伝える二十一篇を収録。
205438-7

し-6-67
司馬遼太郎
歴史のなかの邂逅7
正岡子規～秋山好古・真之
司馬遼太郎
傑作『坂の上の雲』に描かれた正岡子規、秋山兄弟をはじめ、日本の前途を信じた明治期の若者たちの、底ぬけの明るさと痛々しさと――。人物エッセイ二十二篇。
205455-4

し-6-68
司馬遼太郎
歴史のなかの邂逅8
ある明治の庶民
司馬遼太郎
歴史上の人物の魅力を発掘したエッセイの集大成、全八巻ここに完結。最終巻には明治期の日本人から祖父・福田惣八、ゴッホや八大山人まで十七篇を収録。
205464-6

「司馬遼太郎記念館」への招待

司馬遼太郎記念館は自宅と隣接地に建てられた安藤忠雄氏設計の建物で構成されている。広さは、約2300平方メートル。2001年11月に開館した。

数々の作品が生まれた自宅の書斎、四季の変化を見せる雑木林風の自宅の庭、高さ11メートル、地下1階から地上2階までの三層吹き抜けの壁面に、資料本や自著本など2万余冊が収納されている大書架、……などから一人の作家の精神を感じ取っていただく構成になっている。展示中心の見る記念館というより、感じる記念館ということを意図した。この空間で、わずかでもいい、ゆとりの時間をもっていただき、来館者ご自身が思い思いにしばし考える時間をもっていただきたい、という願いを込めている。　（館長　上村洋行）

利用案内

所在地　大阪府東大阪市下小阪3丁目11番18号　〒577-0803
TEL　06-6726-3860，06-6726-3859（友の会）
HP　http://www.shibazaidan.or.jp
開館時間　10：00～17：00（入館受付は16：30まで）
休館日　毎週月曜日（祝日・振替休日の場合は翌日が休館）
特別資料整理期間（9/1～10）、年末・年始（12/28～1/4）
※その他臨時に休館することがあります。

入館料

	一般	団体
大人	500円	400円
高・中学生	300円	240円
小学生	200円	160円

※団体は20名以上
※障害者手帳を持参の方は無料

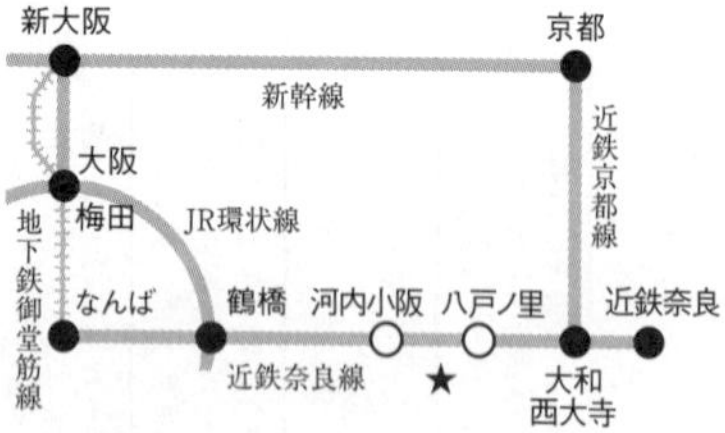

アクセス　近鉄奈良線「河内小阪駅」下車、徒歩12分。「八戸ノ里駅」下車、徒歩8分。
Ⓟ5台　大型バスは近くに無料一時駐車場あり。但し事前にご連絡ください。

記念館友の会　ご案内

友の会は司馬作品を愛し、記念館を支えてくださる会員の皆さんとのコミュニケーションの場です。会員になると、会誌「遼」（年4回発行）をお届けします。また、講演会、交流会、ツアーなど、館の行事に会員価格で参加できるなどの特典があります。

年会費　一般会員3000円　サポート会員1万円　企業サポート会員5万円
お申し込み、お問い合わせは友の会事務局まで
TEL 06-6726-3859　FAX 06-6726-3856